安琪的小熊松露

3

人魚海洋的寶藏

綾真琴◆著
Kamio. T◆繪

新雅文化事業有限公司
www.sunya.com.hk

水母咖啡店
舞廳
人魚海洋地圖

N
W
E
S
GOAL
賽魚場
人魚皇宮
巨型海草森林
人魚王國

出場人物介紹

Louis
小路
是安琪的弟弟，正在讀小一，最喜歡動物和充滿好奇心。

Angie
安琪
活潑開朗的小四學生。

Truffe
松露
背部有一個神奇發條的熊娃娃。

Black
小黑
小路最喜歡的熊貓娃娃。

Karl
嘉爾
在卡露加路玩具店當兼職的高中男生。

人魚海洋的居民

賽琳娜

人魚少女，是守護人魚海洋的人魚騎士，很擅長用三叉戟作戰。

小菲

是賽琳娜的搭檔，是一尾小海豚。

路蘭

人魚騎士的騎士長，跟賽琳娜從小一起長大。

多里敦國王

人魚王國的國王，是個嚴肅的人。

敵人

波塞迪亞

掌管一羣怪物手下，一心想奪取「人魚的寶藏」。

故事開始之前……
大家好，我是安琪！
我是松露！
就讓我告訴大家我們的祕密吧！

秘密①

松露背後的發條是有魔法力量的！

只要在晚上扭動發條……

熊娃娃松露就會動起來！

不過，能夠扭動發條的人，就只有

「跟松露心意相通的人」。

秘密②

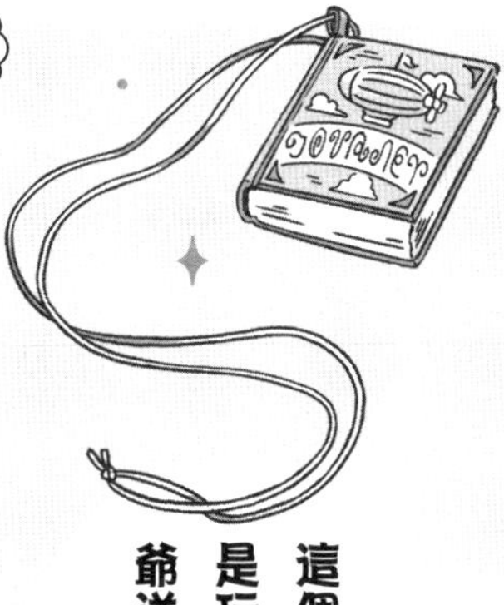

這個書本吊飾，是玩具店的老爺爺送給我的。

晚上躲在被子裏，打開書本中想去的頁面，唸出咒語，就可以前往

書本中的奇妙世界！

我們第一次前往的是……

又香又甜的甜點王國！

我遇上了跟我長得一模一樣的**可蕾雅公主**，我們還成為了好朋友。

我們前往山上尋找**傳說中的飛馬**請他制止火山爆發。

不過，可麗露山發生**火山爆發**……

這樣下去，甜點王國會有危險！

松露為了拯救可蕾雅，左手裂開了，幸好可蕾雅用帶在身上的粉紅色**縫線**，替松露縫補好。

飛馬用可蕾雅戒指上的魔法能量，**制止了火山爆發！**

詳情請參閱《安琪的小熊松露1 甜點王國的公主》！

接下來我們去了……
各種動物自由生活的動物王國！
我們到達時，動物王國正爆發神秘怪病……
為了找出病因，我們騎鴕鳥踏上旅程！
好了，接下來我和松露又會有怎樣的冒險之旅呢？
經歷過重重歷險……
大家合力找到病因，
令患病的動物全部痊癒！
出發吧！GO!!
詳情請參閱《安琪的小熊松露2 拯救動物王國》！

1 重遇嘉爾

清爽的微風吹過康菲斯里村的白磚路。安琪伸了一下懶腰，盡情地呼吸着夏天的空氣。

「今天的游泳課真是太好玩了！」

「對啊！不過我游得很累，要回家吃冰淇淋！」

「我也很累呢。那再見了，安琪，學校見！」

「嗯，再見！」

安琪在分岔路跟好朋友莉莎和美美揮手道別後，就獨自走回家。雖然現在是暑假，但因為她們要上游泳

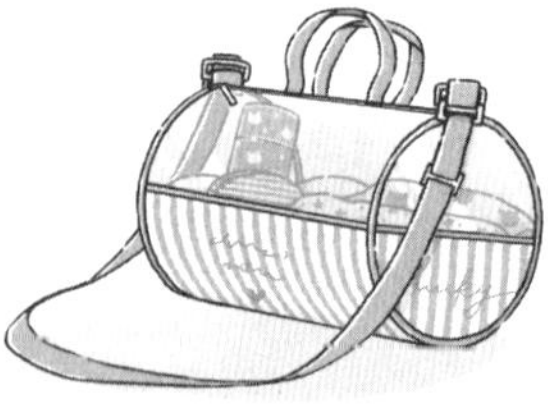

課，所以會回到學校去。

「唉……雖然泡在泳池裏很舒服，但我不太擅長游泳，很容易就沉到水裏去，透不過氣來。」安琪歎氣。今天的游泳課，她竟然一口氣游了廿五米——但是要抓着浮板來游。

莉莎懂得自由泳和背泳，是大家的榜樣。她在水中能夠愉快又自由地暢泳，看起來就像一尾魚兒。

「如果我也擅長游泳就好了，像莉莎那樣，划一下水就可以快速前進，又可以瀟灑地轉身……」

安琪立即就陷入想像。在她的幻想裏面，她跟漂亮的魚兒在海中自由自在地到處游，剛剛她還很鬱悶，馬

lucky

上又變得興奮不已。

「我很擅長游泳，還能夠在水中呼吸……還可以跟可愛的海豚當朋友，嗚嘩，這真的很棒！」

這個時候，安琪突然想到一個主意。

「對了！用魔法的話，不用想像也可以前往海洋世界！」

其實，安琪有兩個秘密，不能跟朋友說的。

第一個，是她在十歲生日時，在玩具店買了一隻熊娃娃松露，他的背上有一個魔法上鏈發條。要是在晚上扭動松露的發條，他就可以隨意活動了！對安琪來說，松露是無可取替、心靈相通的好朋友。

第二個秘密，是她在買下松露的時候，店主爺爺送她的魔法書本吊飾。只要翻開書中想去的頁面，唸出咒語，就可以前往那一頁的世界。

想起之前跟松露到了不同地方冒險，安琪入神地閉上雙眼，想：決定好目的地的話，今晚就得跟松露商量了。他一定會認為這是很棒的決定！

正當安琪開心地蹦蹦跳的時候——

「咦？那不是安琪嗎？」

聽到有人叫自己的名字，安琪回頭一看，立即面紅耳赤起來。

「嘉、嘉爾？」

在安琪眼前的，是之前在卡露加路玩具店認識的高中男生嘉爾。

安琪之前碰見的嘉爾，他是穿上玩具店店員的圍裙的，可現在他身穿着白襯衫和格子西褲。

安琪不禁在心裏尖叫：穿校服的嘉爾真的很帥氣！

在路上的女生都跟安琪一樣，對嘉爾投以豔羨目光。

可是嘉爾卻好像沒注意到周圍的人，對着安琪微笑，說：「安琪果然是你。竟然會在這裏碰上，還真巧合呢。」

「嘉爾！你怎麼會在這裏？」安琪問。

「我在學校參加完籃球訓練，快要比賽了，所以最近每天都有練習。你也是參加學校活動嗎？」

「嗯，對啊！我剛剛上游泳課了，不過我不怎麼會游……」安琪回答。

「哈哈，我明白，我也不太會游泳。」嘉爾邊說，邊不經意走到安琪身旁，然後徑直邁開腳步了。安琪雖然有點害羞，但還是急步跟上。

她心想：真意外……嘉爾竟然也不太會游泳，還會打籃球……跟我一樣，我有點高興呢！

安琪想到自己跟嘉爾有共通點，嘴角不自覺地就向上揚。

「說起來，松露的手怎麼樣了？還會掉下來嗎？」

「不會了，它已經修好了，好像比以前還穩固，即使蹦蹦跳跳的也沒事……」安琪不小心脫口而出，她反應過來後立即慌忙按着嘴巴——松露會動是個秘密啊！

「蹦蹦跳跳？」

「啊……是我！我是說我抱着松露蹦蹦跳跳也沒事！」

「哈哈，你真是精力充沛啊。」嘉爾高聲笑着。

看來總算蒙混過去，安琪呼了一口氣。真的好險！差點就說漏了嘴，暴露出魔法的秘密了。她不知為什

lucky

麼，看着嘉爾灰藍色的眼眸，就很想將內心的一切都告訴他。

「呃……對了，說起來，嘉爾你為什麼會在卡露加路當兼職？」安琪立即轉去另一個話題。

「唔……店很近我的家是其中一個原因，但最重要的原因，是我很喜歡玩具。在玩具店工作，是我小時候的夢想。」

「是嗎？我也很喜歡可愛的布娃娃啊！」

「對，真的很棒啊！布娃娃軟綿綿的，抱起來很舒服……不過，我已經是高中生了，如果還這麼喜歡玩具，會被朋友笑我孩子氣的。」嘉爾苦笑。

聽到他的話，安琪立即停下腳步，衝口而出：「這才不是孩子氣啊！我覺得這是很棒的事！為什麼不可以說出喜歡自己喜愛的東西？」

嘉爾被安琪的話嚇得瞪大了眼，說：「嗯……對啊。不要欺騙自己，坦白說出自己喜歡的東西。這是很美好的事啊，謝謝你，安琪。我感覺不那麼鬱悶了。」

看着嘉爾向她報以耀眼的笑容，安琪再次心跳不已，她想：怎麼回事？跟嘉爾聊天，我的心就很翳悶……不過，卻完全不是痛苦的感覺……

安琪變得有點不知所措。

「安琪，你怎麼了？」嘉爾問。

嘉爾一問之下，安琪才發現自己呆呆看着他。

「啊！不，沒事！呃……」安琪慌忙移開視線，急着想要快點說些什麼，可卻想不到話題。

「呃……今天這樣子跟你巧遇，感覺就好像命運安排一樣……」安琪竟然說了這樣的話，連她自己也嚇了一跳。

她心裏亂成一團：我、我在說什麼啊！完了，他一定會覺得我是個古怪的人了……

她不安地抬起頭，看到一臉茫然的嘉爾。安琪在內心責怪自己：果然如此，啊，真是的，我真的很笨！

安琪低下頭來，卻聽到嘉爾在旁邊嘿嘿笑。她嚇了一跳，抬頭看到嘉爾那雙有着長長睫毛、瞇起來的灰藍色眼睛，他露出一副嬉笑的模樣。

「命運安排嗎——可能是真的呢。」嘉爾以一個意味深長的眼神投向安琪。

安琪感覺到自己心跳加速，難道是天氣太熱的緣故嗎？

安琪只記住了嘉爾的那句話，她完全想不起在那之後，自己說過什麼話和怎樣回家了。

2 到達人魚海洋！

「……就是這樣，我心跳都慢不下來啊！」

當晚，安琪在牀上跟松露訴說回家途中遇上的事情。

松露輕輕坐上安琪的枕頭，一邊點頭回應：「在回家的路上碰個正着，真是太巧合了！」

「對啊！已經不單單是『巧合』了，這就像是命運的安排啊！」安琪興奮地説着。

想起跟嘉爾的對話，安琪的臉又紅起來了。

「命運安排嗎——可能是真的呢。」嘉爾最後説的那句話，那究竟是什麼意思呢？

想着想着，安琪把頭埋進被子裏。

這個時候，她的房門被「咔嚓」打開了。

「姐姐，我進來啦——」安琪的弟弟小路笑着衝進來。

他正抱着最喜愛的熊貓布娃娃小黑。小路和小黑之前曾跟着安琪和松露一起到動物王國冒險。雖然小黑也是布娃娃，但因為他體內已經有發條裝置，所以自己就可以動起來。

「姐姐，我們今天要到哪裏去？快點拿那個吊飾出來吧！」

「噓——小路你真是的，這麼大聲！魔法的事一定不可以讓爸爸媽媽知道啊。」安琪教訓興奮的小路，小路只好敷衍回應。

「說起來，姐姐你又因為嘉爾哥哥而高興吧？你們剛剛一起回家嗎？」

「等、等等！你聽誰說的？」

「是你自己說的啊，你的聲音大得連我在房間也聽得到了。」

看着小路若無其事的樣子，安琪漲紅了臉，嘴巴張

着卻說不出話來。

「姐姐你真的了解嘉爾哥哥的為人嗎？你明明才剛認識他，而且他比你大很多啊。」

「小、小路真是的！別多管閒事啦！」

看見小路竟然比想像中敏銳，安琪想不到適合的話回應。

她當然明白，嘉爾

是高中生，跟自己的年紀相差很遠，所以只視她妹妹一樣，表示友善體貼。不過她卻禁不住想：有這樣一個大哥哥的朋友也可以吧？

看到安琪生着悶氣，松露用毛茸茸的手捧着她的臉，說：「別垂頭喪氣啊，安琪，我不會嘲笑你的！」

「謝謝你，松露！」安琪展露出笑容。

松露回應安琪的笑臉，嘻嘻笑着說：「好！既然小路和小黑也來了，那麼我們就決定今晚的目的地吧！大家想去哪裏呢？」

「我想去海裏啊！我想用魔法的力量，像魚兒般在海裏暢泳！還可以跟海龜和海豚一起玩啊！」安琪首先提出。

「我也贊成！我想去觀察海洋生物！」小路也同意安琪的提議。

小黑一副無所謂的樣子聳了聳肩，可是松露卻歪着頭說：「安琪，我從沒到過海裏去，究竟『海』是怎麼樣的地方？」

安琪嚇了一跳，不過認真想想就會明白，松露是個布娃娃，沒到過海裏去也是當然的。

「海這地方，就像一個很大很大的鹹水泳池！我們一家人每年夏天都會到海灘玩，蔚藍色的大海閃爍着粼粼波光，真的很美啊！」

「對對！姐姐就算不會游泳，也很喜歡海啊。」

安琪無視小路的嘲諷，仍然微笑着回想大海的模樣，松露看着她這個樣子也雙眼放光，興奮地在枕頭上跳着說：「好棒啊！我也想到海裏去啊！」

「那今晚的目的地，就決定是大海吧！好了，大家蓋好被子吧！」

聽到松露的叫喊聲，大家立即

鑽進被子裏去。可因為容納了四個人，所以被窩變得好擠。松露確認過周圍已經完全不透光後，翻開書本吊飾的頁面。

松露翻開的一頁，畫了一個漂亮的海洋，裏面除了有魚兒、貝殼、珊瑚等海裏常見的生物外，還有在海裏暢泳的人魚。

「好，大家來一起唸咒語吧，一、二、三——」

「登地姆．登湯姆．卡杜拉達！」

他們唸出咒語後，書頁不停翻動，光線開始包圍他們。

安琪因為光線刺眼而閉上雙眼，然後她感到身體飄浮起來……

砰咚！

「嗚嘩！」

安琪突然感到好像掉進水裏了，慌忙張開眼睛。

嘶嘶嘶嘶～

安琪發現自己被彩色泡沫包圍，所以看不清楚四周，可是，她卻感覺到身體正往水底下沉，想：難道我在海裏？我要溺水了！

安琪立即慌忙亂抓，可是身體卻不聽使喚。

這個時候，她聽見松露說：「安琪，冷靜點，試着深呼吸！沒事的，在水中也能呼吸！」

什麼？在水中也能呼吸？

安琪半信半疑地試着慢慢吸了一口氣……竟然是真的！這就如同自己今日曾想像的情境一樣。

松露在彩色的泡泡之間看着驚魂未定的安琪，嘻嘻笑起來：「看，沒事吧？」

終於冷靜下來的安琪微笑着點點頭。

彩色的泡泡不久後逐漸消失，安琪卻又感到身體有點異樣。

她的雙腳逐漸變得沉重，而且有點難以活動……安琪向雙腳看過去，不禁驚呼：「這……這是什麼！」

她腰部以下的部分，不再是平時看到的雙腿——而是淺紫色的魚兒尾鰭，它正因為陽光照射而閃爍出粉紅色與粉藍色夾雜的變幻色彩。

安琪嚇得整個人都僵硬起來，相反卻聽到小路興奮地叫：「好厲害啊！小黑，我的雙腳變得像魚那樣啊！」

「這、這是什麼！啊啊啊！」伴隨着小黑的慘叫，安琪看到的是下半身變成淺藍色魚尾的小路，和臉色發青的小黑。

而小黑的下半身，本來應該是黑色的熊貓腳，現在竟然變成有魚鰭的黑白魚尾！

「嗚嘩！小黑，你現在好像虎鯨，真帥啊！」

「才不像！這是什麼古怪的模樣啊……」

正當安琪呆呆看着二人在吵鬧時，松露輕輕地靠近，說：「看啊，安琪！我也變成像魚兒一樣了！」他在水中轉了一圈，讓安琪看看他的模樣。

仔細一看，松露的下身變成了橙色的魚尾，小小的，非常可愛，讓安琪忍不住大叫：「松露！你那尾鰭真的很可愛啊！」

「嘻嘻，安琪的也很漂亮啊！」

松露邊說話，口中邊冒出白色小氣泡。

安琪終於弄清楚眼前這不可思議的情況了。

「原來……我們都變成人魚了！」

3 人魚少女賽琳娜

安琪四人開始在海中暢泳。

在清澈透明的藍色海洋裏，有着色彩斑斕的珊瑚，珊瑚還有着不同形狀，有的像樹枝，有的像桌子，還有的像腦袋一樣。在珊瑚四周，還有不同花紋的魚兒在自由自在地游泳。

「真的好漂亮啊……」安琪由心而發地讚歎。

另一邊廂，熱愛動物的小路正為魚兒着迷。他正拉

着一臉不快的小黑，靈巧地游動着。

「嗚嘩，那邊是四線笛鯛魚羣啊！這邊是小丑魚魚羣！」

「小路真是的！不要自己一個跑開去啦！」安琪正想追上去，卻被松露拉住。

「有小黑跟着小路，沒事的。安琪，跟我玩捉迷藏好不好？你來抓我吧！」松露邊說邊擺動着小小的尾鰭逃走。看着比平時活潑的松露，安琪不禁笑了起來。

「看我的，我一定會抓到你啊！」

二人追追逐逐地游動，似是在珊瑚上溜滑一般。

安琪最初還覺得很重的尾巴，習慣後就變得感覺如常了；相反，在水中只要輕輕擺動尾鰭，就能輕易推動身體前進。

安琪立即就愛上這種感覺。在學校上游泳課時，因為不能順利換氣，所以身體總是像要沉下去似的，現在變成人魚之後可不同了。因為可以在水中呼吸，所以也不用害怕溺水，終於可以這麼敏捷又自由自在地游泳了！

安琪想：原來游泳是這麼開心的啊！我以前都不知道呢！

她一邊追着前方的松露，連表情都不自覺地放鬆起來了。

就在這個時候——

「姐姐！松露！」小路慌張地游回來了。

「怎麼了，小路？」

「不好了！你們過來這邊……」小路邊說邊拉兩人游去，然後發現……

「啊！」

安琪眼前，竟有一尾躺在沙地上的小海豚。

「不好了，我們要救牠！」

安琪和松露立即游到海豚身邊，輕輕觸碰牠的身體。雖然沒有明顯的傷勢，但小海豚卻一動不動。

小黑雙手交叉架在胸前說：「看來牠是昏迷過去了，不知是否捲入了什麼意外，還是……」

突然，有些東西從海豚的嘴裏掉出來。

那又圓又閃爍着幻彩光芒的是……

「是珍珠！」

海豚吃了珍珠嗎？那顆珍珠比平時常見的更大，有安琪拇指般長。安琪拾起珍珠凝視：「可是，海豚為什麼要吃珍珠？」

「不知道呢……不過，這一定是很重要的東西吧？」

當大家正在思考

着……

「不妙！大家快點躲到岩石後面！」小黑突然焦急地叫。

「咦？為什麼？」

「別管了，快！有個古怪的傢伙正前來這裏！」

平時總是表現冷靜的小黑很少這麼慌亂，安琪他們雖然覺得奇怪，但也不敢怠慢，抱起小海豚躲到岩石後面。

躲好沒多久，他們就明白小黑說什麼了。

海洋的遠處，有幾個黑影正在靠近。安琪偷偷看出去，差點忍不住叫出來。

出現在面前的……是可怕的海怪！它們雙眼閃着令人心寒的目光，巨大的嘴巴還長着參差不齊的尖牙。

當中有一頭特別巨大的怪物，就像一條海蛇，它閃爍的金色眼睛不停四處張望。

安琪心裏想：這是什麼？好可怕！

安琪緊緊抱着松露，蜷縮着以防被它們發現。

「喂，找到那海豚了沒？」突然傳來那海蛇沙啞低沉的聲音。

「那個……很抱歉，波塞迪亞大人，那傢伙游得非常快……」

「你是説你讓他逃脱了嗎？」

「嗚……小人不敢！」

看來，那條叫波塞迪亞的海蛇是怪物當中的老大，一班怪物手下被它一瞪，全都嚇得面色鐵青。

聽着怪物們的對話，安琪低頭看看剛救起的小海豚：那些怪物口中的海豚，難道就是牠？難道牠是因為被怪物追捕而逃到這裏來？

「聽好了！那傢伙搶走的珍珠，是我們計劃中必需的東西！不論用任何手段，都要找出那海豚！」

聽到波塞迪亞的命令，它的手下立即四處搜索。

安琪他們屏息靜氣，等待海怪離開，可是，其中一頭怪物停在他們躲藏的岩石前一動不動。

「唔？有氣味……有氣味！在這邊傳來的，嘿嘿嘿……」

怪物扭動着長長的身軀，逐漸靠近。

安琪心裏想：怎麼辦？要被發現了！

正當她害怕得閉起眼睛，要束手就擒的時候……

「站着！」

正當大家以為即將大禍臨頭的時候，有人突然出現在怪物面前。安琪從岩石後面偷看，立即就被那個人的姿態吸引住，令她忘了恐懼。

那人有一頭又長又有光澤的紫羅蘭色秀髮、像深海一樣的湛藍眼眸，手持巨大的金色三叉戟，下半身是閃着綠寶石光芒的魚尾——

出現在他們面前的，是一尾漂亮的人魚！

美人魚在怪物面前狠狠地瞪着他們。

「你們這班混蛋把我的小菲帶走了，吃我這一記吧！」人魚說着，舉起了手上的三叉戟，以迅雷不及掩耳的速度刺向怪物們。怪物們慌張地避開了。

「可惡！又是你嗎！你總是來妨礙我的計劃……哼！等着瞧！」波塞迪亞一副不甘心的樣子，放着話就匆忙逃去。

「等一下！小菲在哪裏！」人魚少女追着怪物，可是八爪魚怪物噴出墨汁，阻礙了她的視線，令她追不上去。

「哼……這些傢伙逃得真快！」

躲在岩石後面的四人，看着喃喃自語的人魚背影，驚訝得目瞪口呆。她是多麼的強啊！只不過一下攻擊，瞬間就把怪物打走了！

「真帥氣啊！」小路禁不住讚歎。

人魚聽到聲音，立即轉過頭來，說：「是誰在那邊？快出來！」

四人緊張地從岩石走出來，人魚驚訝地眨着眼睛，說：「我沒見過你們呢，是來旅遊的嗎？」

「是的！我們正到不同的世界冒險。」

「謝謝你把怪物趕走了！」安琪和松露向人魚點頭道謝，人魚的表情才逐漸柔和起來。

「不，這不是什麼大不了的事情，不用向我道謝。那些怪物把小菲擄走了……他們是我的敵人。」她邊說邊垂下了長長的睫毛，「小菲是我同伴的名字，牠是一尾海豚。在前天的戰鬥中，那些傢伙抓走了牠，不知道牠現在受到怎樣的對待……我真的很擔心啊！」

「咦？你說的海豚，難道是……」聽到人魚的話，大家對視了一下，這個時候，岩石後突然傳出了「嘎！」的叫聲。

一看之下，原來剛才暈倒的小海豚正在擺動尾鰭，看來牠已經完全清醒過來！

「小菲！」人魚少女緊緊抱住海豚，小海豚也好像很高興地一邊「嘎」的叫着，一邊用臉磨蹭着人魚的臉。

「小海豚剛剛昏過去

了，但我們剛才因為看到怪物正在靠近，所以便抱起牠躲起來。」

「太好了，原來牠是人魚小姐的好朋友啊！」

聽見安琪和松露的話，人魚少女滿臉笑容地回頭看他們：「謝謝你們！原來是你們救了小菲！」

「不……沒有那麼誇張……」安琪還沒説完，人魚少女已經張開手，把他們四個抱起來。

「謝謝你們，真的很感謝你們！」

不知是因為人魚少女的擁抱太用力，還是因為看到她真誠而開心的樣子，安琪忍不住笑了。

「人魚姐姐，我好、好辛苦啊……」小路急速拍動着尾鰭說。

「啊！對不起！」人魚少女終於放開他們。

安琪正面看着人魚少女，她再一次被吸引住，她想：人魚小姐真的好漂亮啊……

她應該比安琪大五六歲左右吧，她面對怪物時威風凜凜的姿態，以及與小菲再會時充滿喜悅的天真笑容，同樣充滿了魅力呢。

人魚少女突然說：「對了，還沒有自我介紹呢，我叫賽琳娜，是人魚王國中的人魚騎士。」

「『人魚騎士』？那是什麼稱呼，好帥氣啊！」安琪、松露和小路齊聲道。

賽琳娜有點害羞地笑着說：「謝謝！人魚騎士是守護海洋的戰士啊，雖然我只有十六歲，但大家都說我將會成為下一任騎士長，因為我在騎士當中，也算蠻強的。」

賽琳娜稍為自誇後，便問眾人：「請問該怎樣稱呼你們？」

「我是安琪！」

「我是松露，是安琪的好朋友！多多指教。」

「我是小路，這是我的好朋友小黑！」

「我就說我不會跟人類做朋友……啊，算了，隨你喜歡啦。」

聽着四人自我介紹，賽琳娜嘻嘻笑起來，說：「安琪、松露、小路、小黑，正式歡迎你們來到我們的海洋世界！」

4 前往人魚王宮

「啊，說起來……」自我介紹完畢後，安琪突然拿出一直握在左手的珍珠給賽琳娜，說：「這是小菲吃下的，我想這應該是很重要的東西……」

「這東西！」賽琳娜凝視着珍珠，一副難以置信的樣子眨着眼，「你們知道這是什麼嗎？」

「咦？這不就是一顆漂亮的珍珠嗎？」安琪歪着頭

問。

「這顆珍珠名叫『人魚的寶藏』，對我們來說，是非常珍貴的寶物。之前那些怪物搶走了它……看來是小菲逃走時奪回了珍珠，牠果真是我的好搭檔！」賽琳娜像是誇獎小菲般，輕撫牠的頭。

「珍貴的寶物，那是什麼意思？」小路大感興趣地問。

賽琳娜輕輕眨了一下眼睛說：「我稍後才跟你們說明詳情，現在我先帶你們到王宮！我們已尋回其中一個『人魚的寶藏』，這件事情必須跟國王陛下報告才行。

如果陛下知道了，一定會很高興！」

說畢，賽琳娜便搖動着漂亮的尾巴游起來，說：

「來，大家跟着我吧！」

安琪四人跟着賽琳娜和小菲，一直游向海洋深處。穿過了巨型的海草森林，終於在黯淡的海底中，看到像是首飾箱那樣閃閃發亮的人魚王國了。

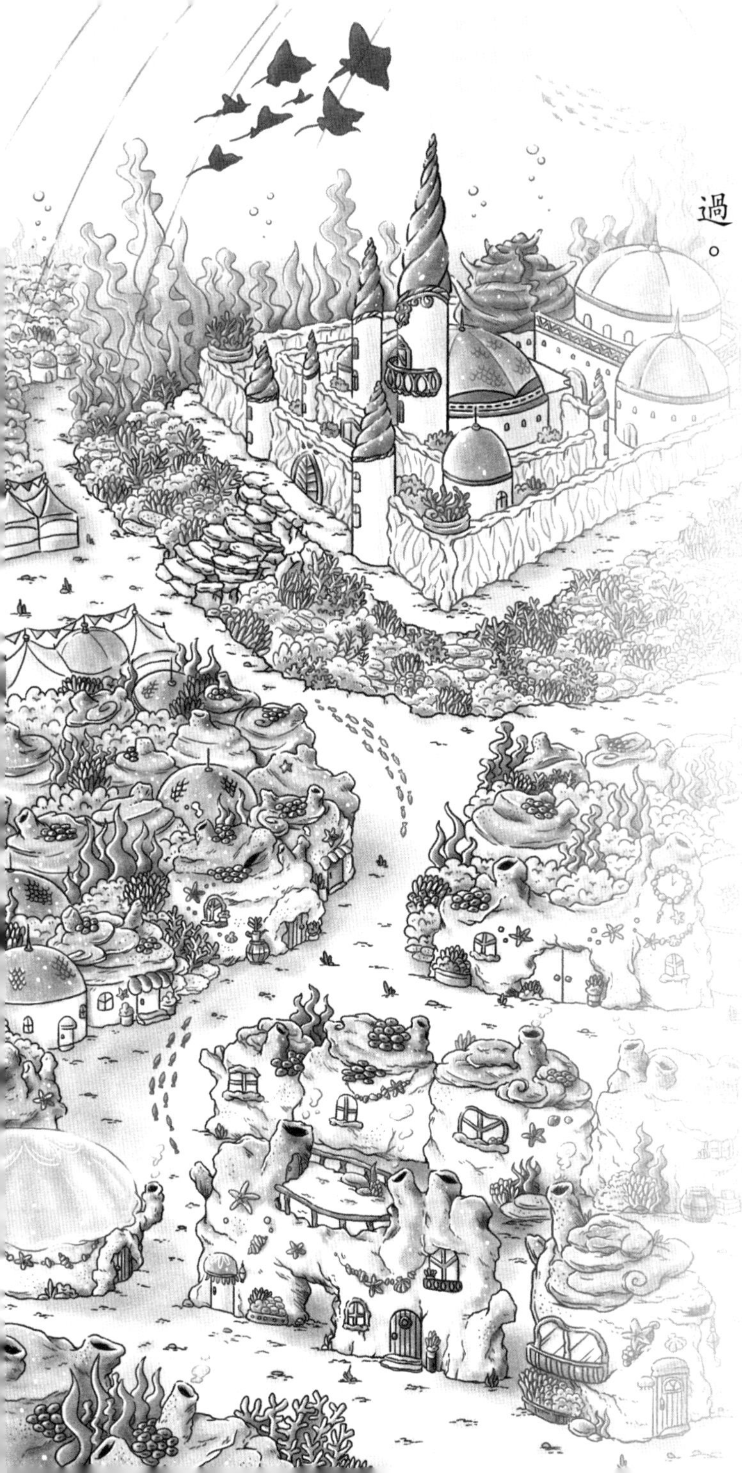

人魚王國被一層像水母般的透明薄紗包裹，像是白日那樣光亮，不時有發光的小魚羣或巨大的魔鬼魚經過。

安琪他們一邊四處張望，一邊跟着賽琳娜穿過薄紗，游到中心的地區去。

到了王國的中心地區，又是另一番奇妙的景象！

整條街道都是形狀奇異的房屋，它們像珊瑚般，白色的牆身上裝飾着海星、貝殼、海藻等。

除了房子之外，街道上還滿是其他的人魚市民，他們有着色彩繽紛的魚尾，在街道上游來游去，一些在熱鬧地聊天，一些在購物。

「嘩……這裏就是人魚王國！」

看到這美麗又充滿朝氣的畫面，四人不自

覺停下來欣賞。

「喂！王宮在這邊啊，快點過來啦！」

在賽琳娜的催促下，四人游向街道的深處去。

突然，眼前出現了一個高聳的城堡，尖塔的頂部由螺旋貝殼組成，四周的圍牆，是由顏色鮮豔的珊瑚和海綿生物組成。充滿氣派的大門外，有兩尾人魚守衞着。

正當大家被王宮的氣派嚇倒，賽琳娜回頭說：「這裏就是人魚王宮了，我們的國王——多里敦陛下就住在裏面。」

賽琳娜向守衛打了個手勢後，大門便發出沉重的聲響，緩緩地自己打開了。

「好厲害啊！難道這是魔法？」安琪吃驚地問，可賽琳娜卻一副早已習慣了的樣子，走進了王宮大廳。

「來，接下來要拜見多里敦陛下了。他是個不太好應付的人，你們不要被嚇壞啊！」賽琳娜低聲道，請大家走進大廳。

「賽琳娜・奥魯仙提亞等五人，上前！」

海馬們吹奏喇叭，大廳立即飄盪出緊張的氣氛。

賽琳娜對安琪他們悄聲説：「聽好了，在陛下面前，如非他問你，絕對不可以自己説話啊！」

「嗯。」安琪邊聽着賽琳娜的提醒，邊偷看國王。

坐在王座上的，有個嚴肅的老人，他蓄着銀白色鬍子，身上掛滿眩目的金飾，手上拿着比起賽琳娜還要高大的金色三叉戟。

他就是國王嗎……

多里敦國王以銳利的目光低頭看着安琪四人，令安琪緊張得整個人都站得筆直。

「各位，抬起頭來吧！」

聽到多里敦國王的話，所有人都抬起頭來。多里敦國王看到賽琳娜後，表情立即柔和起來，說：「哦，賽琳娜！你平安回來了！」

「是的，很抱歉讓您擔心了，陛下。」賽琳娜微笑回應。

「真是的，聽到你前兩天失蹤了，就讓我坐立不安，你到底發生什麼事了？」

「陛下，我去找小菲。牠在兩日前的戰鬥中，被那些怪物抓走了。可是，牠憑一己之力逃脱了，就如您現在所見，我們平安無事回來了——全靠他們四人的幫忙！」賽琳娜説着，轉向安琪他們。

「這幾位是安琪、松露、小路和小黑。他們是旅行時路過，看到昏倒的小菲，便把牠藏起來，避開了怪物們的追捕。」

聽到賽琳娜的説話，多里敦國王微笑着，欣慰地撫着鬍子。

賽琳娜繼續報告：「還有另一個喜訊，有賴他們四位，我們成功取回兩天前被搶走的其中一顆『人魚的寶藏』！請陛下確認一下。」

賽琳娜拿出珍珠到多里敦國王面前。

「什麼……我們被奪去的寶物竟然……」多里敦國王震驚地拿起珍珠，仔細地端詳。

這個時候……

「請問……那顆珍珠為什麼這麼重要？」小路按捺不住好奇心，開口問了問題。安琪想按着小路的嘴巴，但已經來不及了，國王的臉色大變。

「在這個王宮裏，沒我批准，誰也不許發言！」

好刺痛！

國王用震耳欲聾的聲音咆哮。小路嚇得抱着小黑。

「陛下……請息怒！他們是旅客，還不習慣這裏的規矩。」賽琳娜説畢也低下頭來。

國王用鼻子發出「哼！」的一聲。

「這本應是重罪，既然賽琳娜這麼説，今次就原諒你。你問這顆珍珠為什麼這麼重要是吧？我就告訴你，當作是你們取回珍珠的回禮吧。」

國王調整了一下坐姿，在王座再坐進去一點後，就開始說：「這顆珍珠被稱為『人魚的寶藏』，還有另外兩顆珍珠擁有相同的稱號，它們分別蘊藏着巨大的魔法能量，集合這三顆珍珠的話，就可以啟動驅除邪惡的守護魔法，保護這片海洋。」

聽到國王的話，安琪他們互相看了一眼。

安琪心想：之前我們到過的國度也有蘊藏巨大魔法能量的寶石……在這個海洋世界，原來就是珍珠！

安琪找到這片海洋世界跟「甜點王國」和「動物王國」的共通點，不禁有點興奮。

國王繼續說明：「所以我們人魚一族長久以來，都很愛護這三顆珍珠，可是……那些壞蛋卻來破壞海洋世界的和平。」他的表情變得嚴肅起來。

「大約一個月前——海底發生了大地震，基座上的珍珠也被震了出來，不幸地令守護魔法解除了。那些壞蛋趁我和人魚騎士們外出之際，入侵了王宮……你們之前也跟那些壞蛋碰過面吧？就是波塞迪亞那條海蛇妖怪，和他帶領的可怕怪物，他們搶走了『人魚的寶藏』其中兩顆珍珠，還好人魚騎士趕得及守護餘下的一顆……可是，守護魔法必須要集齊三顆珍珠才能發動。所以這件事發生後，各種邪惡怪物都能輕易入侵我們的海域了。」

「怎會這樣……」

安琪他們聽見國王的話，都說不出話來。

國王咳嗽了一聲，清清喉嚨繼續說：「你們不用擔心，全靠你們幫忙，現在又取回一顆珍珠了……剩下的一顆，憑我們優秀的人魚騎士一定很快就會奪回。我們人魚一族，會守護這片海洋的和平的！」

國王自信地說完這一番話，向下俯看安琪他們。

「賽琳娜、小菲，你們取回了寶藏，我就賞你們一天假期吧。」國王說。

「感謝陛下的心意，可是，現在我們的海洋正面臨危機……在這種時候，我更不可以休息。守護海洋的和平，是我們人魚騎士的責任！」

「不，正因為這樣才需要休息啊，賽琳娜。你已經連續幾天去找小菲了吧？你雙眼都變得憔悴無神了。現時雖說緊急，但一天也不休息的話，就難以維持健康體魄。想做好工作，一定要健康！而且，你也該讓小菲休息一下吧？」

「那個……也是的，小菲牠真的很盡力。」

國王聽見賽琳娜的話，點頭說：「你的確很優秀，但其他騎士也不至於無能到欠缺了你就無法守衛國家。只休息一天，問題不大的。今天你就悠閒地帶着客人去四處遊覽吧。而且，你期待已久的匯演也即將要上演了。」

聽到國王的話，賽琳娜開心起來：「我明白了，那我就恭敬不如從命了！」

5 賽琳娜的往事

從王宮走出來後，賽琳娜立即「呼」的鬆了口氣，說：「太好了，幸好陛下最後心情好轉了。」

「對、對不起……我不小心脫口問問題了……」小路道歉。

賽琳娜笑着回答：「沒關係沒關係！陛下的確是有點難相處，不過他的內心是很温柔的。」

安琪也跟着一起笑，但當她聽到外面熱鬧的聲音，就被王宮前面的一條長得不見盡頭的大道所吸引着。

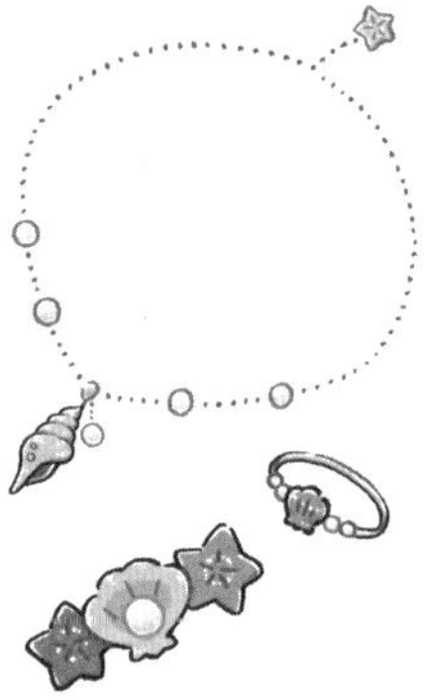

街上除了聚集了很多人魚和魚類之外，還有海龜、八爪魚、蟹及翻車魚等等，充滿朝氣和活力。道路兩旁，開設了滿滿的攤販，客人揀選了喜歡的東西後，就會用手上漂亮的貝殼來交換。

看到安琪一副好奇的樣子，賽琳娜立即給她說明。

「這裏是我國最熱鬧的

主要街道，今天碰巧是一個月一次的市集，有些獨有的貨品只可以在這裏找到啊！」

「哦？真有趣啊，我也想去看看啊……」安琪說。

「那麼，我們在觀光之前，先去購物吧？這裏什麼都可以找到，例如款式可愛又特別的飾物、精品、甜點等等。」

「什麼？我要去我要去，好像很有趣啊！」

賽琳娜的提議讓安琪非常興奮，因為她最喜歡的就是可愛的小玩意了！而且，這可是來自人魚王國市集的東西啊，想起就更令人興奮了。

「那邊是最近很受歡迎的首飾店。」賽琳娜指着一

家店，店面有着紅色珊瑚的裝飾。

安琪和松露游上前到店鋪前面，看到店鋪陳列着的商品，禁不住「嘩」一聲大叫。

閃耀着綠寶石光芒的貝殼耳環、用彩色海藻編織而成的頭帶、由銀色鱗片串成的手鐲……漂亮得讓人全部都想擁有！

不過，有一樣東西吸引住

了安琪的目光。

「嘩，這個很好看啊……」

安琪拿起的是淺粉紅色的櫻貝髮夾，光滑的花瓣形貝殼鑲在纖幼的金屬髮夾上。

「好漂亮，它跟你很合襯！」松露也不斷點着頭説。

「謝謝！不過我沒帶錢，買不了……」安琪一臉為難地低聲説。

在旁邊看到這一切的賽琳娜笑着説：「沒錢也沒關係！在這裏越罕有的東西越有價值，你們來自異國，

一定會有些特別東西可以用來交換的，例如……這個髮圈。」

「咦？這個嗎？」

安琪把賽琳娜所指的髮圈拿下來，那是她其中一條辮子的髮圈，不過是個普通的橡膠髮圈……真的可以用來買東西嗎？

安琪往店內看，有一位紅蟹店員一邊靈活地用蟹鉗在製作飾物，一邊深感興趣地打量着安琪他們。

「不好意思……這……這個可

以用來買髮夾嗎？」

安琪拿出橡膠髮圈，紅蟹店員立即用蟹鉗接下並端視着，像是在估算價值似的，最後噗噗的在口中噴出泡泡來。

「太好了，他説賣給你！」

「太好了！」

安琪向紅蟹店員點點頭道謝，立即別上了髮夾。

「怎麼樣？」

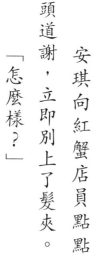

「很好看啊！」

聽到松露及賽琳娜的讚賞後，安琪害羞地笑起來了。她實在太高興了，馬上取下另一個髮圈，再買一個髮夾。

「看啊，我也購物了！」賽琳娜也戴上了一個寶螺頭飾，像模特兒那樣擺起姿勢來。安琪看着賽琳娜配合她一起玩，高興得拍起手來……

「咦？這不是賽琳娜嗎？你明明已偷懶沒巡邏兩天，原來在這邊遊玩啊。」安琪身後傳來了一把聲音。

大家回頭一看，原來是一位長着一頭銀髮和褐色皮膚的人魚青年，打趣地看着他們。他跟賽琳娜一樣，拿

着金色的三叉戟，看來他也是人魚騎士吧。

「路蘭！你為什麼會在這兒？」一看到那位人魚青年，賽琳娜立即滿臉通紅，雙手慌張地收到身後去。

「我正在這一帶巡邏，碰巧看到你……對了，你是真的在躲懶了吧？」

「才、才不是啊！」賽琳娜衝口而出，然後尷尬地低下頭來，說：「……對不起，我突然失蹤了，不過我是去找被抓走的小菲，可不是躲懶去玩啊……」

看着說得激動的賽琳娜，那名叫路蘭的青年有點無奈地苦笑：「我知道啊，我就料到你會去找小菲，可是你一句話也不說就失蹤了，我會擔心的。」

「嗯……對、對不起……」

路蘭輕輕歎了口氣，把手掌放到賽琳娜頭上，鼓勵她說：「下一次，你一定要告訴我這個騎士長，我一定會幫你的。」

「……嗯，謝謝你，路蘭。」賽琳娜小聲地說。

安琪在旁邊看着賽琳娜的側面，發現她滿臉通紅，心裏正覺疑惑。

她剛好和松露對上了眼，松露也雙眼發光地點着頭。看來，賽琳娜對路蘭十分傾慕！

「說起來，這四位是你的客人嗎？是我沒見過的人魚呢……」路蘭問。

賽琳娜點頭：「是的，是他們救回小菲的，現在是我的朋友了。我一會兒要帶他們遊覽這一帶。」

「是嗎……不過現在沒了守護魔法，那些怪物可能會再來的，你們要小心啊。」

「沒問題的，因為有我跟他們在一起啊。」

「你在胡說什麼？你還沒成氣候，千萬不可以大意。」

「我知道了，真是的！」

就算被賽琳娜以嫌棄的口吻反駁，路蘭還是笑着離去了。賽琳娜對着路蘭的背影看得入神，小菲卻游過來用嘴巴戳她的臉。

「怎麼了，小菲！不要這樣啦！」

「嘎——」

「好了好了，夠了，不要作弄我了！」

看着這個樣子，一直耿耿於懷的安琪終於開口問道：「賽琳娜，剛才那個人……是你的伴侶嗎？」

「什麼！」賽琳娜的臉，立刻紅得像燙熟了的八爪魚一樣。

「才、才不是！哪有這些事啊，路蘭他是……」賽琳娜慌張地説，可是説到路蘭的時候又一時語塞。

「……他一定是把我當妹妹看，這只是我胡思亂想啊……」賽琳娜尷尬地微笑。

「路蘭住在我家隔壁，從小他就像哥哥那樣照顧我。因為我們的年紀有點差距，所以我要非常努力才能追上他的腳步，我會成為人魚騎士，也是受到他的帶領。可是……他現在已經是騎士長了，我們之間的距離又再拉遠了……」賽琳娜一邊説，一邊勉強地開朗笑着，「對不起，竟然在說這樣的陳年舊事！這都是我在死纏爛打而已……」

看到賽琳娜那尷尬的笑臉，安琪不期然握着她的手說：「不會啊，我明白你的心情啊。」

她的腦海裏，浮現出放學遇到嘉爾的情景。看着這樣的賽琳娜，安琪不由得把自己跟她重疊起來。

「什麼？你的心情也和我一樣嗎？」賽琳娜衝上前問安琪。

這下可輪到安琪臉紅起來：

「呃……這、這我還不清楚……」

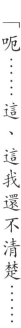

不過，我認識了一個比我大很多的帥氣男生……」

「真的嗎？」賽琳娜突然變得很雀躍，緊抱着安琪團團轉起來。

「我們真的好像啊！大家要互相勉勵啊！」

「嘻嘻，謝謝！」

安琪和賽琳娜對視着，點點頭。

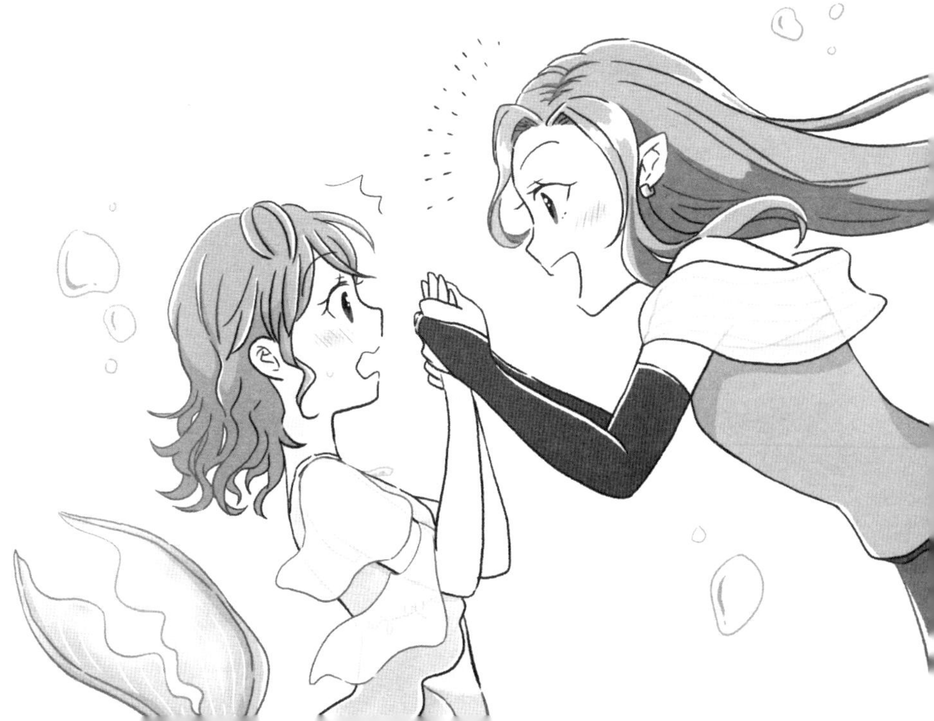

看着這個情況，小路悄聲跟小黑說：「唔……我搞不懂啊，我只喜歡恐龍和各種動物。」

「嗯……你果然是小孩子……」

小黑的目光早已放遠，可在他旁邊的松露，表情卻有點複雜，心想：為什麼呢？安琪開心的話，我也應該感到開心才對啊……

在安琪說起嘉爾時，明明是為她高興的；可另一方面，心中卻有些煩悶不安。

松露心裏想：沒關係的，安琪說過我們的相遇是命中注定啊。就算她認識了嘉爾這新朋友，我們之間的感情也不會變的！

他雖然這樣安慰自己，但焦躁的感覺還未消失。為了分散這樣的情緒，松露用雙手搓揉着自己的臉。

安琪發現松露有點不妥，問：「你怎麼了，松露？」

「不，沒事。呃……對了，我是太過期待賽琳娜會

帶我們去什麼地方玩啊！」松露掩飾過去。

賽琳娜聽到後，打了個響指，說：「對啊，松露！我也很期待今日的行程啊。而且這是陛下直接下的命令，也是我久違的休假呢！」說完，賽琳娜輕快地轉了一圈，擺動她的尾鰭，「好，跟我來吧！我會帶你們走遍我最推薦的『人魚海洋』景點！」

6 人魚海洋的特別行程！

賽琳娜首先帶他們四人前往舞廳，那是一個以巨型水車貝建成的！

「今天有珊瑚魚的舞蹈表演，牠們是從遙遠的海域遠渡而來的，我之前已經很期待了！」賽琳娜興奮地說，話未說完，舞台立即就亮燈了。

表演在即，觀眾都注視着舞台，首先出場的，是顏色鮮豔的熱帶魚！台上的舞者一邊舞動着紅色、粉紅色、黃色等色彩繽紛、像薄紗一樣的魚鰭，一邊配合着音樂跳舞。牠們優美的姿態，令安琪各人禁不住驚歎。

突然，現場的音樂轉成充滿活力的搖滾樂，表演者轉變成擅長雜技的龍蝦！牠們以高速不斷做出後空翻和前空翻等雜技，令觀眾看得熱血沸騰。安琪和松露看到牠們最後完成了高難度動作，不禁用力鼓掌，而這場表演也在一片感動氣氛之中迎來了完結。

「接下來，我們去看旗魚競速賽吧！那是好高速好緊張的賽事啊！」

眾人來到賽魚場，欣賞到以速度見稱的芭蕉旗魚的競賽。旗魚選手會以眼睛也看不清楚的高速，在觀眾面前飛奔而過，非常震撼！

「加油啊！」

「機會來了，追啊！」

賽魚場上，旗魚勢均力敵的比賽讓人緊張得雙手冒汗，場內氣氛衝上最高峯！

安琪他們也不輸周圍的觀眾，紛紛高聲歡呼支持喜歡的旗魚選手。

比賽最後……

「衝線了！太好了，我支持的旗魚勝出了！」

「你真有眼光啊，小路！」

小路竟然第一次參與就選中了冠軍！小路開心得蹦蹦跳，大家也笑着為他鼓掌。到比賽完結後，大家因為過於賣力支持，變得非常疲累。

「我有點累了，找魔鬼魚來載我們到下一個目的地吧！來，拿着！」賽琳娜說完，就把一個奇異的圓形東西交給大家。

「這是什麼？」

「這是吸盤魚的吸盤，是這樣用的。」賽琳娜向魔鬼魚揚揚手，說出目的地後拿出貝殼付款，然後再把吸盤吸在魔鬼魚背上。大家看到，就跟隨她那樣做。

「怎麼樣？很輕鬆吧？」

「這真棒啊，就像坐計程車那樣啊！」

賽琳娜給他們的吸盤像磁石一樣，牢牢吸附在魔鬼魚光滑的背部，也可以像背上背包那樣，輕鬆地躺臥進行海底旅行！

真的太舒服了，安琪和松露雙雙打起呵欠來，「呼啊……在到達前先休息一下……」

「安琪、松露！醒醒啊，

到達目的地了！」聽到賽琳娜的聲音，二人張開眼睛一看，只見很多像霓虹燈那樣發光的大水母。

「嘩，好像燈飾啊……」

「這裏是水母咖啡店，這兒的餐點很美味，是我很喜歡的地方。」大家坐在一隻比剛才魔鬼魚更大的水母上，欣賞着由不同發光水母交織而成、如幻象的景色。

另一方面，賽琳娜是這裏的常客，她熟練地翻着菜單說：「唔……你們一定不可以錯過這裏特製的鬆餅，還有非吃不可的就是……」

「啊！我對這個海星形的三文治很感興趣啊！」

大家都點了自己想要的東西，悠閒地享受午餐。

「啊啊，好飽啊！太愉快了！」
「對了，賽琳娜，我們接下來要到哪裏去？」

「那個嘛，可以去乘坐巨鯨滑梯，或是……」正當賽琳娜在說話時，小菲突然在她身邊團團轉，還發出「嘎！」的叫聲。

「小菲，怎麼了？你發現什麼了嗎？」

大家都覺得很奇怪，向着小菲游去的方向一看……

「這、這是什麼……」

看到眼前的狀況，大家都說不出話來。

這一帶生長的珊瑚都變了灰白色，四周沒一尾魚兒，一副淒清的模樣。

安琪戰戰兢兢地碰了碰已經變白的珊瑚，它們立即崩塌成粉狀。

「好悽慘啊……究竟是誰幹的……」安琪歪歪頭問。

賽琳娜低聲道：「是波塞迪亞幹的好事……珊瑚上還留着齒痕。那些怪物不單搶走『人魚的寶藏』，連珊瑚和魚兒也不放過！」

拿着變白了的珊瑚，小路也一臉悲傷地說：「我在圖鑑上看過，珊瑚雖然看起

來像是石頭，但其實是生物來的。牠們經過長年累月，才能一點一點地長大。」

「你說得對。牠們生長需時，可破壞卻只需一瞬。他們實在不能饒恕！竟然破壞我們一直守護的海洋！」

賽琳娜憤怒得顫抖，握着拳說。

安琪也有同樣的心情，她實在難以忍受美麗的海洋受到破壞！

這時候，松露開口說：「賽琳娜，雖然多里敦國王說『人魚海洋由我們人魚一族來守護』……但我在想，我們是否也可以幫忙？我想幫忙找回餘下的那顆珍珠，守護人魚海洋！」

「什麼？你在胡說什麼啊……」

小黑聽到松露的話後皺了皺眉，安琪和小路卻用力地點頭：「說得好，松露！我也正想說這番話！」

「我也是！你帶我們經歷了這麼奇妙的旅程，我們也想出一分力啊，小黑也是這麼想吧？」

看到安琪和小路的反應，小黑無奈地聳聳肩。

「各位……謝謝你們，我很感動。」賽琳娜微笑着說。可她卻又立即輕輕搖頭，「不過，不行呢，在找尋珍珠的途中，可能要跟怪物作戰。這是我們國家的問題，你們只是旅客，不能把你們牽扯到危險之中啊。」

可是，安琪以堅定的眼神說：「賽琳娜，求求你！不論是旅客也好，外面來的人也好，這都沒關係，我們只是想保護這片漂亮海洋裏的珊瑚和魚兒，不能再任由那些怪物作惡了！」

「對啊！我也想保護我喜愛的小丑魚和綠海龜等生物啊！」聽到安琪的話後，小路也充滿幹勁地說。

賽琳娜聽見大家這樣說，驚訝得不斷眨着眼睛，不一會，她就微笑起來：「對啊……這片海洋也是屬於大家的，你們也同樣珍惜它，我真的……很感謝你們！」

她高舉手上的金色三叉戟：「好！我們一起找尋餘下的一顆珍珠吧！」

「好！」「嘎！」

7 找尋人魚的寶藏！

大家圍着賽琳娜討論作戰計劃。因為這片海洋實在太廣闊，所以要找尋珍珠，一定需要一些線索。

「我曾經偷聽過怪物們的對話，他們的大本營好像在海洋深處，而珍珠就藏在那裏。」

「那我們首先得找出他們的大本營才行！」小路說。

賽琳娜一臉嚴肅地點頭：「對，可是我們人魚騎士一直以來全力探索也沒有找到……」

「會不會有什麼提示呢？」松露歪着頭想。

「喂喂……你們真是的，這不是有一個傢伙，剛從怪物巢穴逃出來的嗎？」小黑用下巴指示着……

「嘎？」

「小菲？對啊！小菲被困的地方可能就是怪物大本營啊。」賽琳娜用力地拍手說。

的確，小菲是從怪物手上取回珍珠的，也即是說，沿路走回去，說不定就可以到達怪物的大本營！

「小菲，你記得從怪物那裏逃出來的路線嗎？」賽琳娜問。

小菲「嘎」的回應了一聲，就向北方游走，然後回頭看大家。

賽琳娜笑了笑，說：「牠說『跟着來』！」

「太好了！你真厲害，小菲！」

大家跟着小菲向人魚海洋的北方進發，水温越來越冷，安琪忍不住顫抖。而周圍的環境，也由漂亮的珊瑚礁，變成滿是嶙峋怪石。

「這裏的魚很少……大家小心點，怪物可能在附近。」賽琳娜戒備着，並提醒大家。

突然，小菲停下不動，回頭對着大家鳴叫：「嘎，嘎——」

「咦？難道這裏就是怪物大本營？」

大家戰戰兢兢地看向前方，在他們眼前的，並不是住着惡魔的城堡，而是廣闊的空地，完全沒有怪物巢穴的感覺，也看不到怪物的蹤影。

「小菲，真的是這裏嗎？」安琪問。

小菲再一次清晰地「嘎——」的鳴叫着，同時在原地打轉。

「真奇怪啊，小菲是不會認錯路的，為什麼會這樣……」賽琳娜托着下巴思考。

這個時候……

「那邊的人魚和海豚！不要動！」

一把沙啞的聲音大喊。原來，大家在不知不覺間已經被怪物包圍，而那聲音的主人，正是有着金色眼睛、海蛇身體的怪物老大——波塞迪亞！

「嘿嘿嘿……我就知道有些笨蛋會像你們那

樣，闖進我們的大本營。搬移大本營果真是正確的決定。」波塞迪亞洋洋得意地說。

安琪他們完全中了陷阱！

「可惡……我太大意了！」賽琳娜悔恨得咬牙切齒。

波塞迪亞跟賽琳娜對視，問：**「唔？你……不就是那**

尾囂張的人魚嗎！」

波塞迪亞瞇着金色的眼睛說：「**嘿嘿……你來得正好。膽敢屢次破壞我們的計劃，現在正好讓我報仇！**」

它把尾巴像鞭子那樣揮了揮，打出暗號，它手下的怪物立即向賽琳娜襲來。賽琳娜立即用三叉戟應戰，可是，敵人的數目多得應付不了。

「賽琳娜！」

「我擋着他們，你們快逃！」

「怎可以這樣！我們也要作戰……」

「沒事的！我會找機會逃走！」

在賽琳娜催促的氣勢之下，大家只好聽從。可正當大家打算撤退的時候……

「我怎會放過你們！」

波塞迪亞揮動手上的劍，水中出現了漩渦，把周圍的東西都吸進去！

「嘿嘿……就用本大爺的魔法，把你們通通抓起來！」

波塞迪亞的金色眼睛閃着令人不安的光芒。

漩渦越來越大，越來越猛烈，為了不被捲進去，大家拚命逆流游走。

松露和小黑雖然已經拚命地游，可還是游得慢了一點，漸漸被漩渦捲進去了。

到安琪和小路發現他們的狀況後，即使伸盡手臂，也無法抓住他們。

「嗚啊啊——」

松露和小黑被吸進漩渦裏了！

「松露——」

「小黑——」

安琪和小路想衝

向漩渦裏拯救他們，但卻被賽琳娜抓住。

「不可以啊！你們也會被一起捲進去啊！」

「可是……」

「如果連你們都被抓走，還有誰來救他們？我們現在先撤退吧！」說完，賽琳娜便緊握着安琪和小路的手腕，以迅雷不及掩耳的速度游起來。

「別讓他們逃去！給我追！」

雖然波塞迪亞下了命令，可是妖怪們的速度完全及不上賽琳娜。賽琳娜他們瞬間就消失了蹤影。

「嗚嗚……松露……對不起……我當時為什麼沒有緊緊抱住他啊，我真是太笨了……」

「我……我以為自己一直在握着小黑的手……嗚嗚……不知在什麼時候鬆開了手……」

安琪和小路穿過了巨型海草森林，成功逃脫之後，他們立即「嘩」的一聲哭起來。沾濕他們臉頰的，也不知是眼淚還是海水。

賽琳娜抱着他們，輕掃着他們的背部，說：「沒事的，沒事的，就算只有你們逃脫了，也是好事啊。松露和小黑一定會沒事的，你看小菲不也平安回來了嗎？」

聽到賽琳娜冷靜的聲音，安琪和小路終於止住了哭聲。對，現在可沒有時間消沉了！

「嗯，謝謝你，賽琳娜，我沒事了，我們要去拯救他們！」安琪用手擦掉眼淚，高聲說。

旁邊的小路也點頭，說：「我也是！雖然我會害怕，但他們兩個現在一定比我更害怕。所以，我們一定要去救他們！」

「當然，我身為人魚騎士，也不會置之不理！」賽琳娜點頭說。

看到賽琳娜這麼可靠，安琪和小路也增添了勇氣。

不過，最關鍵的，還是怪物大本營的位置，而他們至今還一無所知。這一次，他們不能再指望小菲帶路了。究竟，該如何找出松露和小黑的位置呢？

這個時候，安琪發現自己的左手，正被一道不知從何來的微弱力道拉扯着。

「嗯？」

一看之下，安琪左手那條粉紅色的手繩正在綻放光芒。

「嘩，姐姐，為什麼它會發光？」

「不知道……之前從沒發生過的……」安琪也無法解釋這個情況。

安琪第一次冒險的時候，在甜點王國認識了可蕾雅公主。松露被扯脫了手臂時，可蕾雅用她帶在身上的線，幫他修理好。而安琪的這條手繩，就是由那些線所編成。換句話說，這條手繩，就是他們三人友誼的證明。

這條手繩突然發光，像是有些什麼事情牽引着安

琪——她想到了！

「是松露……他在告訴我，自己現時的位置啊！」

「什麼？」小路大吃一驚。

安琪輕撫着手繩，面向二人說：「小路、賽琳娜，就相信這手繩一次，跟着它去吧！」

8 怪物大本營

另一邊廂……

成為俘虜的松露和小黑被放進子裏，再被帶到不知位於哪裏的怪物大本營去。

「你們是人質啊，乖乖待在這裏別亂來！」

被丟進牢房的松露和小黑，同時屁股着地。

「好痛啊……」

「可惡！你們就不可以斯文一點嗎！」

怪物完全無視小黑的抗議，把牢房「喀嚓」的關起來。

牢房十分昏暗，四周沒有任何東西，完全不知道這是什麼地方，令人感到很不安。在孤立無援的情況下，松露和小黑已經在牢房中呆坐了數小時。

「喂，小黑。」松露突然在小黑的耳畔悄聲説話。

「幹什麼？」

「你看，看守的怪物睡着了，我們可以趁現在逃走了吧？」

小黑向着松露所指的方向望去，果然看到看守的怪物正打着呼嚕睡了。

「可是，我們要怎麼逃走？我們沒有鑰匙啊。」

聽到小黑的話，松露似是惡作劇般「嘿嘿」笑起來。

「那個啊，我發現了一件事情，這個牢房的鐵欄的間隙雖然比我們的頭要小一點，可是……」松露邊說邊把頭擠進間隙之中。

「唔唔唔……」擠着擠着，松露的頭開始被壓扁……

噗！

「看啊！我就想，因為我們是布娃娃，只要稍為擠一下，就可以穿過去了。」

松露在牢房外洋洋得意地轉了個圈，小黑看得目瞪口呆：「這、這有可能嗎？」

「有可能啊！來，你也快點出來吧。」

小黑學着松露那樣，也從牢房擠出來了。

「呼——終於出來了。以你的智慧來說，這還算是個不錯的主意。我們快點離開吧。」

「嗯！」

二人為了找尋出口，戰戰兢兢地四處游。可是，怪物大本營就像迷宮一樣，完全弄不清哪一條才是正確的道路。

「喂，這邊真的對嗎？」

「唔……我想應該是對的吧。」

「只是『應該』嗎？」

他們一直輕聲説話，繼續前進，突然，來到了一個比之前更暗卻更廣闊的空間。

「走到盡頭了……」

「嘖！最終還是搞錯了嗎？」小黑正想調頭往回走的時候，松露拉着他的手。

「等一下啊，小黑，看那邊！」松露指着這個空間最深最暗處，它的天頂，不知是因為開着一個小洞還是什麼原因，竟然有一道幼細的光線透進來。

在那一道微弱的光線照射下，有一個東西在閃閃發亮——

「這是『人魚的寶藏』啊！」松露和小黑齊聲叫。

人魚騎士們拚命找尋餘下的那一顆「人魚的寶藏」珍珠，竟然被藏在這裏！

松露想：只要把它拿回去，讓這片海域回復和平，安琪一定會很高興。

松露決心要取回珍珠，四處張望後，悄悄游到珍珠那邊。

「喂！喂！先別管這東西了，我們逃命要緊啊！」小黑小聲地說。

可是，松露已全神貫注地接近珍珠，然後……

「好，拿到了！」松露舉起珍珠，向小黑笑了笑。

小黑才稍微放心下來，但下一瞬間，他的臉又變得鐵青了，因為他聽到了什麼聲音……

「哎呀真是的……波塞迪亞大人也太嚴格了，要我們廿四小時看守着這顆珍珠。」

「對啊！不過我們快點回去吧，要是被他知道我們偷懶了，可就麻煩了。」兩頭怪物邊說話邊向這邊走來。

雖然他們好像沒發現松露和小黑，卻是越來越接近二人所在之處。

「之前那小海豚偷走了其中一顆珍珠，如果再發生同樣的事情，不知道波塞迪亞大人會怎樣懲罰我們……」

「嗚呃，我連想也不敢想啊。」

兩頭怪物顧着聊天，松露趁機避開他們的視線，拿着珍珠悄悄走到入口附近的牆壁。小黑擔心地看着整個過程。

「不過啊，那樣的事情，才不會這麼容易再發生啊。你看，珍珠不就在那……」怪物説着，把視線轉向空空如也的架上……

「沒了——」怪物的表情都變了。

「在哪裏？究竟到哪裏去了？」

「怎麼會！剛剛還看到的啊……」

這時候，怪物們終於看到正想從房間逃去的小熊娃娃，而這頭小熊的手上，正拿着那顆又白又大的珍珠。

「人質逃走了！人質逃走了！」

聽到怪物生氣地大叫，松露和小黑立即逃跑。

「對不起，小黑！我被發現了……」

「真可惡！不過現在先不管了，我們得找個地方藏身啊……」

為了躲避追捕，松露他們在迷宮一樣的大本營左閃

右避，不過，不論他們怎樣努力地游，但單憑那小小的尾鰭，根本游不快。

眼看着自己跟怪物的距離正在縮短，小黑心裏想：糟了，要被追上了！

正當他產生了放棄的念頭時，松露卻指着前方説：「小黑，逃到那個縫隙去吧！我們應該能鑽進去的！」

他們在無計可施的情況之下，唯有放手一搏，把身體擠進那偶然發現的岩石狹縫中。狹縫後面，是意料之外的空洞，兩個猛擠進去的布娃娃，都被壓得貼在一起了。

他們的身後，傳來了怪物慌張的聲音：「**人質消**

失了！」

「怎麼會！這裏明明是盡頭，他們究竟到哪裏去了？」

松露和小黑緊緊屏住了呼吸，怪物徘徊了一陣子，就歪着脖子離去了。

「呼，嚇死我了……」放鬆下來的同時，松露也全身無力地癱坐下來。

小黑也喘着大氣，連肩膀

也跟着一起晃動。小黑斜睨着松露説：「你啊，我就叫你不要拿珍珠了，你又不聽……」

「嗚啊……對不起，不過，你看，現在珍珠也沒事，我們也沒事啊！」

看着松露的嬉皮笑臉，小黑也無法對他生氣，只好歎了一口氣。

「接下來，我們一定得再一次找到出口才行。唔……有什麼好方法呢……」松露抱着胳膊思考，但突然一屁股跌坐在地上。

「怎麼了？這麼快就放棄了嗎？」小黑嘲笑他。

可是，松露卻沒有回應，他的樣子有點不妥，更以柔弱的聲音說：「小……小黑，對不起。我……我好像剛才游泳的時候，用盡了發條的能量了……」

「什麼？」小黑聽完松露的話，忍不住說。

花了一點時間，小黑終於弄清楚松露的話。松露跌坐在地上是因為背部的發條已經轉回原位了，也就是說，讓他活動的魔法失效了。

「那……那就是說，你很快就不能再動了？」

「嗯……應該是。」

看到松露點頭，小黑感到絕望了，心裏想着：不是吧！在充滿敵人的怪物大本營內，這傢伙竟然還動不了，我該怎麼辦才好啊……

松露以開朗的聲音向臉色鐵青的小黑說：「對不起，小黑，為你帶來麻煩了。不過，你自己先逃出去就好了。」

「什麼？那麼你……」

「我沒問題的，安琪一定會來找我的，因為我和她是好朋友啊。」松露堅定地說。

小黑難以置信地凝視松露，他完全不明白，眼前這小熊娃娃明明已經動不了，卻不知為何還能開朗地笑着。

「你……為什麼可以這麼深信着安琪一定會來救你？你不會擔心她不來而感到不安嗎？」小黑不自覺地

問。

松露眨了眨眼睛，點着頭說：「我相信安琪，之前我被活埋的時候，她也來救我了。我……沒問題的……所以……你自己一個……」他的話沒說完，雙眼就失去了光輝，再也動不了。

「喂！松露！你醒醒啊！」小黑拚命搖着松露，可是他一點反應也沒有。發條已轉回原來的位置，魔法失效了。

「對、對了，扭動發條的話，他就會再次動起來了吧？」

小黑想起發條魔法的事情，就嘗試扭動松露背後的發條，可是不論他如何用力，發條也像沉重的鉛塊一樣，紋風不動。

「可惡，為什麼會這樣！」忍不住謾罵起來的小黑，卻突然想起，松露曾經自豪地說過，這個發條只有跟他心意相通的人，才可以扭得動——

「……就是說，我不行嗎？」小黑苦笑看着松露，

放開擺在發條上的雙手。

在黑暗的海底裏面，只剩下不知所措的小黑一人。因為再也聽不到松露的聲音，四周變得非常安靜。原來有人跟自己聊天，才會讓人放心的。

「又剩下我一個人了……就像那時一樣……」

小黑蹲坐在一動不動的松露旁邊，抱着膝蓋，呆呆地回想以前的事。

那時候的小黑，有着跟現在不一樣的名字。

當時他是一個全新的布娃娃，每天都跟一個小女孩一起玩耍。

女孩非常珍愛小黑，不論是吃飯、外出、睡覺的時候都跟他在一起，而小黑也非常喜愛她。

有一天，女孩跟家人到鄉間旅遊，當然，她也帶上小黑。女孩如常跟小黑在火車站的長椅上玩耍。

可是，就在這個時候，不幸的事情發生了。女孩因為被母親催促，混亂之下把小黑遺漏在長椅上，就匆匆上火車了！

小黑雖然嚇到了，可

是他深信女孩一定會回來接他走的。

可是翌日、再翌日，女孩都沒有回來接他。但小黑也沒有消沉，他深信女孩一定會來找他的，因為女孩最喜歡的就是他。他一直這樣深信着。

不過，小黑不知道的是，女孩的父母看見女兒因為小黑不見了而傷心不已，所以立即買了一個跟小黑一模一樣的熊貓娃娃補償給她。

女孩看到新的布娃娃，以為小黑回來了，所以就沒有去找原來的小黑。

被蒙在鼓裏的小黑，還一直在等女孩回來，一周、兩周……一直等下去。因為那是個人煙稀少的火車站，

所以也沒有人在意在長椅上的小黑。

最後有一天，終於有人發現了他的存在。幾個擠到長椅的年輕人拿起了小黑說：「這個布娃娃怎麼在這裏的？」

「它阻礙我們坐下，拿掉吧。」說着，便把小黑丟開。被拋開的小黑，隨着落下的力道，打轉落到長椅下。

就算如此，小黑也沒有放棄，他告訴自己，女孩一定會回來救他的，現在只要忍受一下悲傷，之後就會好了。

長椅下滿是灰塵，小黑的身體立即就染成全黑色了。

如果小黑離開這裏，女孩回來找他時，就會找不着，所以他忍受着髒兮兮的灰塵，繼續等待。

他每天觀察坐在長椅上的乘客，看看是否女孩的鞋子。

黑色大皮鞋、尖頭高跟鞋、白色運動鞋……各式各樣的鞋子在小黑的眼前出現，又離去。

有一天，小黑終於看到那雙小小的紅鞋子了！他想立刻飛奔出去。

可是，那雙可愛小鞋的主人，卻沒發現長椅下的小黑，立即就往別處去了。

在那之後，究竟過了多久呢？

小黑已經完全放棄了。曾說過最喜歡自己的女孩，最後也沒有來接他。他內心充滿了悲傷和寂寞，加上無處消解的憤怒，令他崩潰了。

在這樣的日子裏，突然有一天，有一個人窺看着長椅下面。

小黑嚇得僵硬了，他看到一個陌生老婆婆，她長着滿頭白髮、臉上有着很深皺紋。她突然把手伸到長椅下抓起小黑，把他拿出來。

「哎呀，看你已經待在這裏很久了，到底待了多久呢？」老婆婆對着小黑說，恍如小黑聽得懂似的。

「唔……如果你繼續待在這裏，早晚會被人丟掉啊，讓我試試把你賣掉，看看有誰會收買你，碰碰運氣吧。」老婆婆笑着說，就把小黑帶走，清洗乾淨後再放到攤檔上售賣。

立即就出現了收買小黑的人——卡露加路玩具店的老爺爺。老爺爺把小黑掉線的部分縫好，把他修成全新的一樣，放在店裏售賣。

可是，就算外表回復乾淨，但他的內心卻依然處於黑暗。

這時，他發誓：我決定了，我以後才不會再相信人類，我受夠被背叛的悲慘了！為了保護自己，小黑從此就這樣封閉起內心，讓自己變得如冰一般冷漠。不過，他卻始於忘不了獨自一人的孤單寂寞。

隨着松露不再動和不再說話，小黑覺得現在又回到那時一樣，最後也只剩下自己。

在沒有一絲光線的黑暗之中，小黑抱着膝蓋縮成一團。

9 拯救

這時，安琪、小路和賽琳娜正跟着安琪的手繩，前去找尋松露和小黑。

游在前面的安琪，伸出左手，一邊感應着手繩那微弱的拉力，一邊前進。她們就這樣一直游一直游，也不知游了多遠。不過，她們越往前游，手繩的拉力就越大，令安琪確信自己的直覺是正確的。

「姐姐，真的是這一邊嗎？」小路不安地問。

安琪用力地點頭回答：「嗯！松露和小黑就在前面，我知道的！」

賽琳娜嘻嘻笑起來，手搭着小路的肩說：「我們現在就相信安琪吧，我也不知為何，覺得她會找得到。」

「對啊……我也該相信姐姐的！」聽到賽琳娜這麼堅定，小路也點頭回應。

突然，安琪停了下來。緊隨其後的小路趕不及剎停，整張臉撞上了安琪。

「好痛啊！姐姐你真是的，怎麼突然停下來！」小路忍不住投訴。可安琪卻「噓！」的一聲，把食指豎在唇前提醒小路。

「看，那邊……」大家向安琪所指的地方望去，那是一個海底洞窟。入口處有着像是牙齒的岩石，瀰漫着令人毛骨悚然的氣氛。洞窟的周圍別說是怪物，連生物也沒有，整個地方都安靜得不自然。

「手繩指示是在裏面。」

「太安靜了……感覺好可疑。小菲，過來！」賽琳娜把小菲叫來，在牠旁邊不知說了

什麼。

「去吧，小菲，拜託你了。」

小菲「嘎」的叫了一聲，就快速地游走了。

「賽琳娜，你跟小菲說什麼了？」小路問。

賽琳娜眨眨眼，說：「是以策萬全的做法而已。我們走吧！你們聽好了，我們現在必須擁有寄居蟹的慎重和吞拿魚的勇氣！」

三人走進洞窟，賽琳娜拿着三叉戟，走在最前面戒備。洞窟裏面一片黑暗，三人憑着手繩那微弱的光前進。手繩的拉力，已經變得很強烈。

「真奇怪啊，為什麼連門衛也沒有……」賽琳娜皺着眉說。

安琪和小路低聲喊着松露和小黑的名字，看看會不會傳來回應。

「松露——你在哪裏？」

「小黑……你在嗎？」

這個時候，安琪的腦海出現一個聲音。

安琪……安琪……你在哪？

「松露！」沒有錯，那肯定是松露的聲音！松露就在附近！

一聽到松露的聲音，安琪忘了要輕聲說話，不禁大喊起來：「松露，你沒事嗎？小黑也在嗎？告訴我你們在哪裏！」

我在這裏啊，在岩石縫隙中，小黑也在！

安琪環視四周，發現了一個剛好可以鑽進布娃娃的縫隙。安琪確信自己找到了，回頭向賽琳娜和小路點點頭。

這時，把自己縮成一團的小黑，感到眼皮上好像有點光線，所以慢慢張開眼睛……

「唔……」

小黑向旁邊一看，發現松露的左手正在閃出粉紅色光芒。小黑覺得很奇怪，就靠近看看。

「這是什麼？是斷線嗎？」

正在發光的，是一條幼細的粉紅色線。卡露加路的老爺爺在修理松露時，本應把可蕾雅

用的粉紅線都拿出來了才是，但原來還有少許留在松露的手臂上。

不知道這一切的小黑，覺得很是神奇，凝視着那條粉紅色的線——

「小黑——」

一把熟悉的聲音在叫喊。那把聲音正喊着自己的名字，小黑整個身體都僵硬起來。

不可能的，這種事情是不會發生的。自己明明已不再相信這種事情啊。明明沒有想過會有人來救自己……

「小黑，我來救你了！」

小黑再一次聽到那把活潑的聲音。肯定自己沒有聽錯後，他再也維持不了冷靜了。

「松露，你在那裏嗎？我來了，沒事了！」

「你們讓開一點，我現在就打開岩石！」賽琳娜把三叉戟刺進縫隙中。

咔啦咔啦！

岩石立即崩塌，光線照進洞穴，正好落在小黑呆呆的臉上。

「松露！」「小黑！」

安琪和小路同時叫喊着自己布娃娃的名字，並抱緊他們。

「小黑，太好了！你沒事嗎？有沒有受傷？」小路連珠炮發地問，同時用自己的臉蹭着小黑。

小路突然發現，平時總是對這種親密接觸表示不滿的小黑，竟然意外地安靜。他不禁問：「小黑？」

小黑默默地被小路擁抱着，之前一直覆蓋着自己內

心的冰塊，正靜靜地融化着。

「小黑，你怎麼了？怎麼沒精打采？你果然是受傷了吧……」

「啊，煩死了！你抱得這麼緊，我才真的會受傷啊！」小黑以一副受不了的口吻大叫着，把小路推開。

小路看到小黑回復平時的樣子，終於放心，說：

「嗯，小黑還是要這樣才像樣啊。」

「喂，你那是什麼意思啊！」聽到小路的話，小黑忍不住高聲笑出來。

安琪看到倒下不動的松露，馬上就知道他的魔法又失效了。

「等一下，松露，我馬上幫你上發條！」說着，就扭動他背部的金色發條。

咔、咔、咔！

扭動三圈之後……

「嗚啊……哦，我獲救了，謝謝你，安琪！」

「松露！」

安琪擁抱着恢復了魔法的松露。

「太好了……我晚了來找你，對不起啊！」

「不會啊！我相信你一定會來救我啊。因為我和安琪是由命運的線聯繫着的。」松露也用力緊抱着安琪。

「嗯，對啊！不論你在世界哪個角落，我也一定可以找到你的！」安琪笑着説。

松露用臉蹭着安琪，心中充滿着温暖的感覺，之前曾有一瞬間感受到的不安情緒，現

在都已煙消雲散了。

「各位，你們看！」賽琳娜在岩石裂開的地方取了些東西出來，她一臉驚訝地拿着一顆大珍珠，「是餘下的那一顆『人魚的寶藏』啊！」

小黑聽到賽琳娜的話，用下巴指向松露說：「哦哦，是那傢伙找到的，他避開了守衞，在牢房中偷偷拿了出來。真是的，害我也捏一把冷汗。」

「什麼？」大家都嚇了一跳。

「好厲害……你真的好厲害啊，松露！」

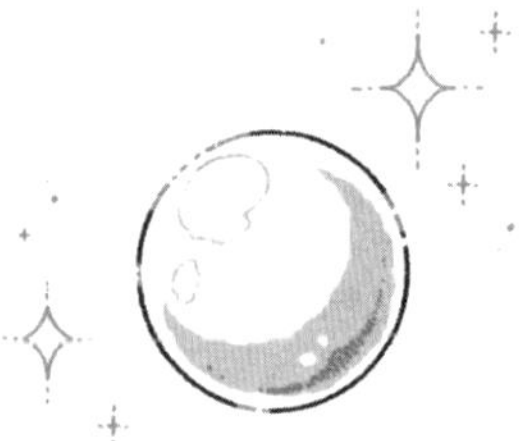

這麼細小的布娃娃，竟敢從怪物手中取回珍珠！究竟需要多大的勇氣？安琪心裏滿是自豪，她輕撫着松露的頭，松露害羞地「嘻嘻」笑。

「這不是我一個人的力量，小黑也有一起尋找逃走的路線……謝謝你，沒有丟下我。」

聽到松露的話，小黑又僵硬起來。

「咦？小黑，原來你一直陪在松露身邊嗎？你果然很溫柔啊……」

「吵、吵……吵死了！我只是還未找到離開的時機罷了！」

看到小黑氣得滿面通紅，大家都笑起來。

「好了，既然現在已取回了珍珠，我們立即回王宮吧！讓多里敦國王陛下施展守護魔法。」賽琳娜滿臉得意的說。

就在這個時候……

「有人取回了什麼東西？是誰說的？」

是那把沙啞的聲音！大家回頭一看，原來波塞迪亞已帶着大羣怪物，不懷好意地看着他們。

「嘿嘿嘿……嘿哈哈哈！我真的很佩服你們的天真啊，竟然可以第二次掉進陷阱。」 波塞迪亞像是蔑視他們似的高聲笑着。

安琪緊抱着松露，小路抱着小黑，而賽琳娜就站在他們面前，舉着三叉戟，睥睨着怪物們。

「波塞迪亞……我是不會把珍珠交給你的！」

「對、對啊！學校也教我們不可以偷別人的東西啊！」小路雖然害怕但還在後面叫喊道。

波塞迪亞聽後，激動得肩膀都晃動起來，說：**「學校？嘿，別笑死人了，小子。我們的行動目的有多偉大，可是你們完全想像不到的，這一切都是那位大人物的意思……他偉大的思想，不是你們這種小孩會明白的！」**

偉大的目的？那位大人物？

安琪他們完全不明白他在說什麼。

可是，波塞迪亞已經架起了劍，準備終止話題。

「這裏發生的事從頭到尾就跟你們無關！」

「鏗鏘！」波塞迪亞已經揮劍指向賽琳娜，賽琳娜用三叉戟抵擋住他的攻擊。

「我才不想明白你們這些壞蛋的想法啊！」賽琳娜猛力把三叉戟推向波塞迪亞，可是，要一邊作戰一邊保護安琪他們，就算像賽琳娜那麼擅戰，也一點不容易，他們幾個逐漸被逼到去石壁處了。

「你這尾囂張的人魚！只要打敗你，一切就會成為定局！」

在波塞迪亞的命令下，怪物們都集中攻擊賽琳娜，安琪她們抓起附近的石頭投向怪物，卻總是投不準。

「賽琳娜！」

「嗚呃！」

正當賽琳娜即將要受襲時——

「嘎——」

隨着嗚叫聲，有些東西走進了怪物和賽琳娜中間，還給其中一頭怪物來了一記頭槌。

賽琳娜立即開朗起來。

「小菲！」

原來，來幫忙的正是賽琳娜的搭檔——小菲！

「這尾討人厭的海豚可以做到些什麼？」波塞迪亞生氣了，再一次命令怪物攻擊賽琳娜。下一輪攻擊正要襲向賽琳娜的時候，一枝金色的三叉戟擋住了攻勢。

「你沒事吧，賽琳娜！」

原來是騎士長路蘭！

「路蘭！太好了……你及時趕來了！」賽琳娜鬆了口氣，「我指示小菲向人魚騎士請求支援了。」

「原來如此，賽琳娜果然想得周到！」安琪他們也放鬆下來了。

這個時候，人魚騎士們陸續來到，包圍着怪物的大本營。

「你投降吧，波塞迪亞，這裏已經被我們包圍了！」路蘭對波塞迪亞說完，就轉向賽琳娜：「賽琳娜，辛苦你了，接下來就交給我吧。」

「我明白了，我們就先把珍珠帶回王宮吧！你也要小心啊，路蘭！」

路蘭笑了笑，跟賽琳娜輕輕互擊手掌。二人之間的互動，安琪他們看進了眼內。

「可……可惡啊……可惡啊！」被追逼着的波塞迪亞怒視着路蘭。

「什麼人魚騎士！你們這些混帳傢伙只是在阻礙那位大人物的計劃！就讓我在這裏收拾你們，取回寶藏！」

「真是好勝的傢伙……好，各位，我們反擊吧！」

在路蘭的命令下，人魚騎士們列陣拿起長矛向着敵人。

形勢逆轉了！

人魚戰士與怪物之戰全面展開。

10 返回王宮

在路蘭激戰的同時，賽琳娜、小菲和安琪他們帶着珍珠匆匆趕回王宮。

「我要全速游回去，大家跟着來吧！」賽琳娜大聲說完，便全力加速。大家為免被拋離，只有盡力跟上。

可是，敵人也不會輕易放走他們，突然，一尾鱒魚怪物出現，想去咬安琪的手腕！

「危險啊！」

松露抱緊安琪的手，怪物就咬住松露的發條，打算把發條扯下來。

「不行！」

安琪立即拿起附近一隻法螺的螺殼，打向怪物的眉心處。

鱘魚怪物「嘩」的慘叫了一聲，放開口了。

「我不許你傷害我最重要的松露！」安琪說

完，用鼻子發出「哼」的一聲。

「安琪很威風啊！」松露雙眼閃閃發光地說。

小黑在旁邊看着，喃喃道：「好、好可怕……」

「我一定不可以激怒姐姐啊……」小路臉色鐵青地低聲道。

他們就這樣拚命地游了不知多久。

「看到我們的王國了！」

巨型海草森林的後面，可以看到閃閃發光的人魚王國了，他們終於回來了！

來到王宮門前，大家都焦急地等待沉重的大門打開。當門開到一半的時候，賽琳娜已等不及，竄進王宮，大家也一個一個地跟着衝進去了。

「喂！謁見皇上要順次序——」

「不好意思，有急事！」跑在最後面的小黑說完，就留下門衛呆站着，跟着大家衝向大廳。

來到大廳，大家都累得喘着大氣。坐在王座上的多里敦國王，被他們嚇了一跳。

「怎、怎麼了？你們突然闖進來，這可是大不敬啊……」

「陛下！我們取回了餘下的一顆珍珠了！請您施展只有王族才能使用的守護魔法，結束這場戰爭！」賽琳娜打斷了多里敦國王的話。

面對賽琳娜比平常無禮的態度，國王有點不悅：「賽、賽琳娜，你應該知道，沒有本王許可，是不可以發言的！」

「陛下啊，您才是應該知道現時事態嚴重啊！」

賽琳娜的反駁把國王嚇倒了，令他一時語塞。

「陛下，我們的同伴、人魚騎士們現正跟波塞迪亞及他的怪物手下作戰。儘早把邪惡驅逐出這片海洋，令大家重拾和平，正是我們人魚的使命！」賽琳娜說着，走向國王，遞上珍珠。

「請求您儘快作出判斷！」賽琳娜認真地看着國王。

國王沉默片刻，點點頭說：「本王知道了，這確實是分秒必爭的事。把人魚的寶藏拿來！」他一聲令下，隨從立即恭敬地把兩顆珍珠搬出來。

加上賽琳娜她們帶回來的珍珠，終於集齊了三顆珍珠了。

「接下來本王就要施展守護魔法了，大家肅靜。」

多里敦國王身後，有三個用來放置珍珠的基座，以三角形的陣列排列着，基座最上方，是貝殼形的珍珠座。國王在王座上站起來，走向基座，把珍珠逐一放進去。放置好三顆珍珠後，國王拿着金三叉戟，站在基座的中心位置，唸出咒語。

「富拉古瑪・柏古先・瑪里！」

一瞬間，三顆珍珠開始發光，
慢慢變成光柱射向天空！
三道幼細的光柱逐漸融為一體，
慢慢變粗，然後包圍四周。

那些光線逐漸迫近眼前，安琪抱緊松露，閉起了眼睛。

「咦？」安琪感到很温暖，像是被柔軟的毛巾包裹着那樣，有着安心舒適的感覺。她張開眼，發現身處光芒泛映的世界中，看見了松露正向上仰望着她，

他們對上了眼，於是安琪微笑回應松露。

「好像暖暖的溫泉一樣，好舒服啊！」

「真的，有種令人內心也融化的感覺啊……」

抱着小黑的小路，也舒服地閉起雙眼。

多里敦國王看到此情此景，欣慰地點着頭：「這些光線，會包裹着善良之物，驅走邪惡之物。我們終於取回守護海洋的聖母之光了……」

在北面海洋戰鬥的人魚騎士和怪物也停下來看着白

色的光柱逐漸靠近。

波塞迪亞臉色發青：「**守護魔法回來了？不、不好了！碰到那個光柱，我們就會消失啊！**」

他立即逃跑，卻被路蘭抓住。

「喂，你身為首領，一有不利情況就立即拋棄部下逃走嗎？」

「**幹什麼！放手啊！**」波塞迪亞想甩開路蘭的手，可是路蘭當然不會這麼輕易放手。

這個時候，光柱終於逼近到二人面前。

「你把我們的海洋弄得翻天覆地，我才不會輕易放過你！」

「嗚啊！放開我！可、可惡啊！」

在波塞迪亞一臉不甘和慌張之下，光柱觸碰到他的身體……

他身後突然出現了一道裂縫，裏面是黑色的空間。

「什麼……」

路蘭一驚之下鬆開了手，波塞迪亞便被裂縫吸進去，然後裂縫慢慢關上消失。而光柱也將看得傻眼的路蘭整個包圍住了。

「被他逃掉了嗎？看來我的鍛煉還不夠啊。」路蘭歎了一口氣。

一位人魚騎士不知所措地上前跟路蘭報告：「騎士長，跟我們對戰的怪物被光柱照射後，身體立即出現變化，現在變成那個樣子……」

路蘭隨着他的視線看去，有數十尾深海魚一臉疑惑地四處張望。

「牠們全都沒了當怪物時的記憶，大家都說『為什麼我會在這裏』……這是怎麼回事？」

路蘭手托着下巴，說：「原來如此，恐怕是波塞迪亞這個壞蛋，利用魔法改變了深海魚的外表和操控牠們。現在守護魔法的力量把邪惡魔法解除，令牠們變回原來的樣子。」

騎士不知如何是好，路蘭點點頭，拍拍他的肩膀，說：「牠們已經是無害的魚了，讓牠們回到原本的深海吧。」

「是的，騎士長！」

騎士向路蘭敬禮，路蘭點頭回應後，回頭向其他人魚騎士下令：「各位手足，辛苦了！這次戰鬥已經完結了，我們回王宮去吧！」

11 圓滿解決

被光柱包圍了一陣子後，在王宮內的安琪等人發現這些光已經逐漸消散了。安琪望向基座，剛才珍珠發射出來的光線，已經不復見了。

「好了，已經施下守護魔法，這下子，這片海洋又可以回復平靜了。」多里敦國王嚴肅地宣布。

安琪聽到這個消息，興奮得面頰漲紅起來，還握着松露的手開心得跳起來大叫：「太好了——」

大叫完後，安琪才想起，在國王面前沒有得到許可，是不可以說話的！

「怎麼辦？」安琪心裏想着，慌張地回頭一看，見到一臉怒顏的國王。

「對、對不起！我……我一不小心就……」安琪拚命道歉。

多里敦國王卻突然嬉笑說：「哈哈哈，說笑而已！以後本王再也不會懲罰沒批准而發言的人了，賽琳娜的話讓我醒覺了。」

聽到國王的笑聲，安琪也鬆了一口氣，跟着一起嬉笑。正當大家都在開心地笑時，大廳的門重重地打開了。

「路蘭·巴爾札克，率領人魚騎士回朝了！」聽見那響亮的聲音，大家都十分興奮。跟怪物作戰的人魚騎士凱旋回來了！看到站在最前方的人魚，賽琳娜立即高興起來。

「路蘭！」賽琳娜叫着他，一口氣衝到他身邊。

「太好了，你平安回來……」賽琳娜鬆了一口氣的同時，發現路蘭的左手受了傷，立時皺着眉說，「路蘭，你受傷了！」

賽琳娜邊説邊不自覺的提起路蘭的左手，突然她發覺自己的失態，慌張地想放下手來，但路蘭卻喃喃地説：「你自己不也受傷了，這裏啊。」邊説，邊指着賽琳娜臉上的傷。

事情來得太突然，賽琳娜緊張得整個僵住

了。

「呃……我沒事，這只是擦傷而已！」賽琳娜的臉變得更加紅，她立即轉向一旁說。

路蘭嘲諷地笑：「對啊，這種程度的傷對你來說真是小兒科，所以你還能活蹦亂跳！」

「等一下！你這是什麼意思！」突然被路蘭取笑的賽琳娜，和他對上了眼，噗哧笑了出來。

安琪在旁邊看着他們，覺得他們兩個感情實在很好啊！為什麼賽琳娜會這麼沒自信呢？

正當安琪在歪着頭思考的時候，多里敦國王苦笑着說：「哎呀，騎士長和賽琳娜，你們要聊天請留待之後，現在先跟我報告吧。」

「是、是的！」路蘭表情認真起來，踏前一步向多里敦國王敬禮後，就開始向國王講解整件事情。在旁邊的賽琳娜，也說明了發現珍珠的過程。看到互相幫忙的二人，安琪想起了嘉爾：如果有一天，我也可以跟嘉爾關係變得更好，就太好了……

安琪想起嘉爾那藍灰色的眼眸，突然有點期待再見他。

突然……

「啊啊！不好了！」小路一副世界末日的樣子，抱着頭大喊。

「什麼事？你怎麼了？」

「怎麼辦啊，姐姐，我的鳳蝶二號今早要羽化了！我打算早點起牀觀察牠的，可我完全忘了……」

看到這麼擔心的小路，安琪忍不住笑着回答說：「沒法子

了，那我們得回去了吧？現在回去說不定還趕得及。」

「真、真的嗎？趕得及嗎？」

「我是說『說不定』啊。」安琪向着拚命問個究竟的小路眨眨眼。突然，她感覺到賽琳娜正看向他們。

「你們要走了吧，安琪？」

「嗯……」安琪點點頭。

賽琳娜的眼神有點寂寞，可立即又笑了。

「我明白了！我教你們該怎麼離開吧，我送你們到附近。」

賽琳娜和小菲帶着安琪他們離開了人魚王國，到他們初相遇的珊瑚礁那裏。

「送到這裏就行了吧？」

「謝謝你最後為我們送行！」

「不用在意，如果你們再不走的話，陛下可能連你們也會使喚起來啊！」

「噗！哈哈，賽琳娜你真是的！」聽到賽琳娜說笑，安琪不禁笑起來。

賽琳娜看到安琪的笑容，就安心地微笑說：「太好

了，我不喜歡沉重的氣氛，要道別的話，就笑着說再見吧。」她握住安琪的手：「安琪、松露、小路、小黑……感謝你們跟我一起找尋人魚的寶藏、跟我成為朋友……你們一定要再來玩啊！我會找新景點帶你們去玩！」

安琪點着頭說：「嗯！我才該感謝你帶我們在這片海洋

遊玩，又一直保護我們……謝謝你！雖然此行當中充滿了驚險，但也非常有趣啊！」

「我也很感謝你啊！我是現在才知道原來海洋是這麼漂亮。還可以跟你和小菲做朋友，真的太幸運了！」

松露擺動着小小的尾鰭說。

小路也以不輸大家的聲線高聲說：「我也是！能夠看到那麼多海洋生物，真的是個很棒的歷險啊！我們一定會再來的！」

「不過啊，我可是遇到很多慘事啊。」小黑哼了一聲，可嘴角卻仍帶着笑容。

「再見了，我會努力成為騎士長，在你們下次來時好好保護大家！」賽琳娜挺起胸膛說。

安琪也在賽琳娜耳邊悄聲說：「賽琳娜，我會支持你的和路蘭的！我也會加油啊。」

「……嗯，我們說好了啊，下次見面時要互相報告啊！」

兩個女孩子相視而笑，小路莫名其妙，小黑完全沒興趣似的望向了別處，只有松露一個看着她們，自己也跟着嘻嘻笑起來。

「要道別了，小菲，給他們吻別吧！」

聽到賽琳娜的話，小菲「嘎」的叫了一聲後，在各人的臉上親了一下。

「嘩！謝謝你，小菲！你真是一條又勇敢又可愛的海豚呢！」安琪輕摸小菲的頭，牠好像很高興似的「嘎」的叫了一聲，用頭磨蹭着安琪。

「賽琳娜、小菲，謝謝！我們以後再見！」松露説完，就打開頭上掛着的書本吊飾。

「大家準備好了嗎？一、二、三！」

「姆地登·姆湯登·達拉杜卡！」

唸完咒語之後，書本就「啪啦啪啦」地自動翻頁，周圍出現光線把他們包圍起來。安琪因為光線刺眼而瞇着眼睛，她看到賽琳娜漂亮的尾鰭閃閃發光。

正當她打算跟賽琳娜揮手時，她感到身體正向着水面浮去——然後就失去意識了。

12 終章

安琪感覺到晨光照耀在眼皮上，於是慢慢張開眼睛。她看到的，是牀單和啡色的熊娃娃。她已返回原來的世界了，而松露也變回一個不會説話的普通熊娃娃。

安琪感到安心的同時，又有點落寞，她在牀上轉過身，決定繼續睡。

「姐姐，姐姐！看啊看啊，鳳蝶二號開始羽化了！太好了，趕得及看到！」

她聽見隔壁房間傳來刺耳的大叫聲，安琪歎了口氣，抱着松露坐起來。看來小路是興奮得過分，不會顧及正在睡覺的人了。

「小路，你不要清早就大叫啊！會吵到鄰居的！」

「可是，你看！鳳蝶二號真的好努力啊！」小路以一副沒學乖的樣子說着，一邊為箱中的鳳蝶打氣，「加油！加油啊！只差一點點就可以飛向天空了！」

鳳蝶正在枸橘樹枝上破繭而出，就好像回應小路的打氣似的，拚命張開翅膀。

看着鳳蝶拚命的樣子，安琪也喃喃地說：「我也要努力！因為我跟賽琳娜約定了。」

「咦？姐姐也要在空中飛翔嗎？」

聽到小路誤會了她的意思，安琪笑了起來，她抱着手上的松露，用只有他才能聽到的聲音說：「那些夢想世界都不是夢！下次我們去什麼地方好呢，松露？」

~第三冊完~

插曲

這位男子很不高興。

他不高興的原因很明顯，就是無能的部下把重要的任務搞垮了。聽着一把驚恐的聲音報告着，坐在椅子上的男子，不耐煩地用手指不斷敲打木製的扶手。

「……就因為這樣，所以這一次，我們未能奪取『人魚海洋』，小人深感抱歉……」

男人的腳踏出「喀嚓」的一聲後，開口說：「那接下來呢？」

「請問……『接下來』是什麼意思……」

「你沒有完成任務，竟然膽敢大搖大擺回來？」男子血紅的雙眼正冷冷向下望着波塞迪亞。

波塞迪亞全身冒出冷汗，他覺得自己就像是被蛇盯着的青蛙一樣。本來，自己的外表才像蛇，可是，眼前這個人才是個壓倒性的強者，令他一下子就害怕起來。

「喂，波塞迪亞，我委派這個任務給你時，你還豪言壯語地說這是自己最在行的事情，一定可以做出令我滿意的成果。」男人帶着幾分柔和地說。

可這點温柔，卻更加令人心寒，波塞迪亞整個身體都顫抖起來。

「我相信了你這些話，還在你快要被消滅前把你收回來……你現在是恩將仇報嗎？」

「不、不！小人不敢！」

「那你為什麼沒帶一點成果回來！」聽到男子如雷的怒吼，波塞迪亞嚇得全身的鱗片都豎起來。

「你這個無能的傢伙總是這樣，只有毫無根據的大話！我已受夠了你這種做不了大事的傢伙。夠了，波塞迪亞，我要褫奪你『一級家臣』的地位。」男子冷冷說完，打算站起來離去，可是波塞迪亞卻拚命抓住他的腳。

「等、等一下啊，大人！我、我有一件非常有用的情報啊！」

「放開我，我已經不想再聽任何說辭了。」

「人魚當中，有奇怪的傢伙混入其中！我記得有一尾，他的上半身是熊娃娃，背部有一個金色的發條……」

「什麼？」男人的表情在瞬間起了變化。

波塞迪亞內心捏了一把汗。雖然不知道原因，但看來男子對他提供的資訊很有興趣。

「你說奇怪的傢伙，就只有那一尾人魚嗎？」

「不！還有一尾差不多的，卻是黑白色的。」

「除此以外呢？」

「呃……我想想……他們身邊有兩尾小孩人魚，仔細一想也真的有點奇怪啊……」波塞迪亞毫無組織地回答。

波塞迪亞的報告看來有一聽的價值，男子把手肘放在椅子的扶手上，重新調整坐姿，交疊雙腳，瞪着緋紅色的眼睛，催促道：「你詳細說來聽聽，我會根據你報告的內容，再決定是否把你降級。」

波塞迪亞壓抑着湧到喉頭的興奮聲音，向男子深深鞠躬，說：「是，小人領命——黃昏大人。」

顧問 石垣幸二

小路的 海洋生物圖鑑

我是小路！我最喜歡各種動物！這冊故事出現了很多海洋生物，就讓我介紹一下吧！

哦？原來他們是真實存在的。

水母

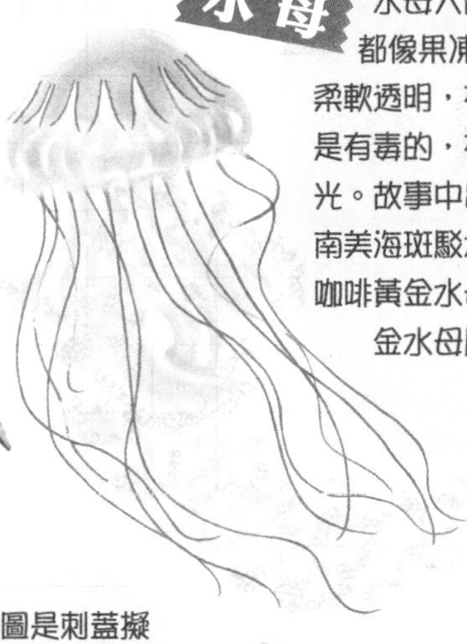

水母大部分都像果凍一樣柔軟透明，有些水母是有毒的，有些會發光。故事中出現的是南美海斑駁水母，跟咖啡黃金水母同屬黃金水母屬。

海豚

海豚有很多種類，而小菲就是寬吻海豚。海豚很高智慧，牠並不是魚，而是哺乳動物，亦是鯨的同類。

血鯛的同類

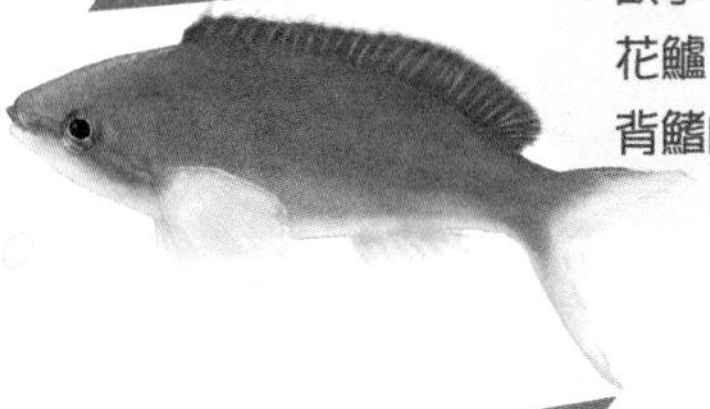

故事中的插圖是刺蓋擬花鮨，顏色鮮豔，立着背鰭的泳姿非常漂亮。

小丑魚的同類

牠們跟有毒的海葵共生，可以藉此保護自己，免受天敵襲擊。插圖是公子小丑魚。

白星笛鯛的同類

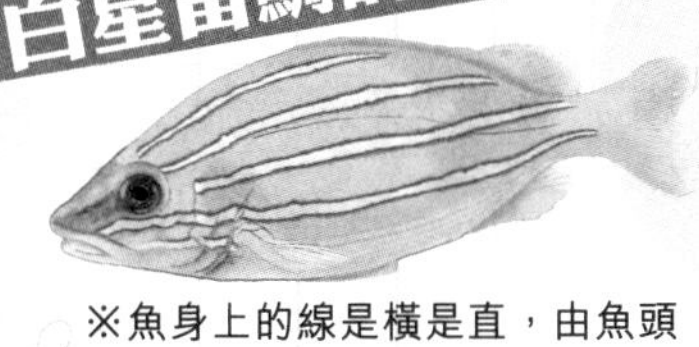

故事中的插圖是四線笛鯛，黃色的身體上有四條橫線，是白笛鯛的同類，有羣居的習性。

※魚身上的線是橫是直，由魚頭延展開來時判斷。

鬼蝠魟

是世界最大的魟魚，俗稱魔鬼魚。牠巨大雄壯泳姿，令人讚歎。

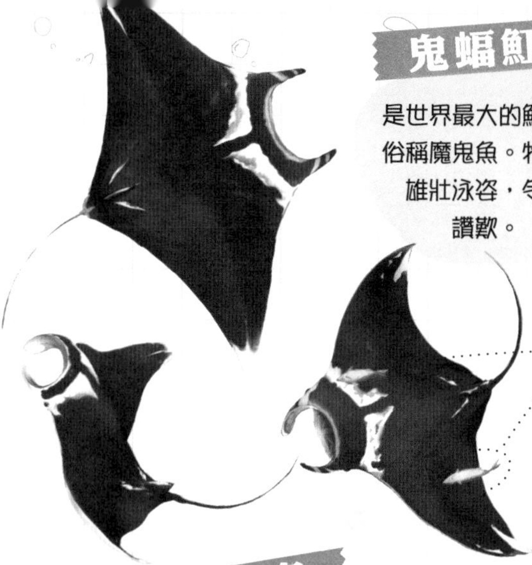

吸盤魚

頭部長有一個吸盤，可以吸附在大魚身上，撿吃大魚吃剩的食物。

芭蕉旗魚

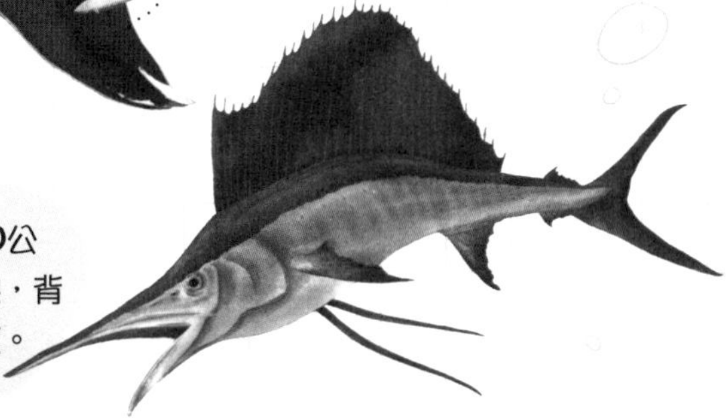

游泳速度高達時速100公里，可說是魚類之中最快，背上的大魚鰭是牠的特徵。

珊瑚蟹

生活在一種叫綠石珊瑚的珊瑚枝上。

又名白襪蝦，牠的第三、四對腳是白色的，像是穿上了白襪子，姿態優美。

火焰蝦

海馬

會用尾部捲着海藻或珊瑚生活，牠們最有名的是生殖方式，雄性會在腹中育兒，以保護海馬卵，直至小海馬孵化。

深海魚

在故事中，牠們被波塞迪亞的魔法控制而變成它的手下。

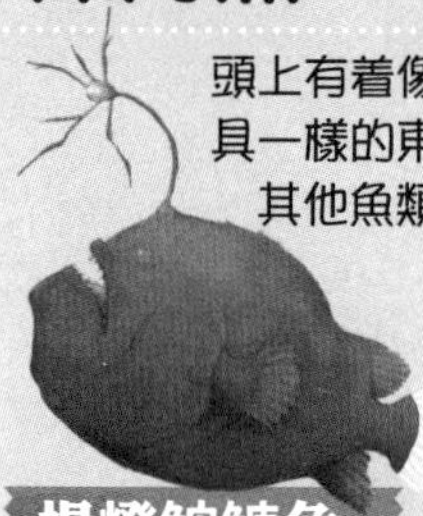

提燈鮟鱇魚

頭上有着像是發光釣具一樣的東西，吸引其他魚類靠近。

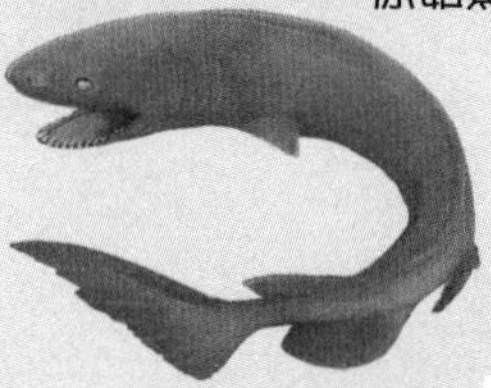

皺鰓鯊

住在深海的原始鯊魚。

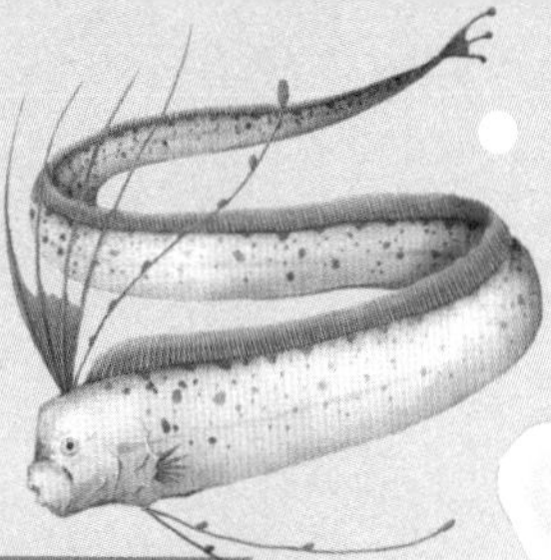

皇帶魚

有說是牠是人魚的藍本。

好可怕
牠們不是可怕的魚啊！
在第40至41頁出現的魚，全部都是真有其魚的，就讓我告訴大家牠們的名字吧！

14
1
8
7
12
3
2
4
10
13
5
6
9
11

① 刺蓋擬花鱸　② 神仙魚　③ 尖吻(魚翁)　④ 橫帶圓鰻　⑤ 哈氏異康吉鰻
⑥ 觸角蓑鮋　⑦ 綠海龜　⑧ 鰓斑刺尾魚　⑨ 花斑擬鱗魨　⑩ 主刺蓋魚
⑪ 黃高鰭刺尾魚　⑫ 擬刺尾鯛　⑬ 公子小丑魚　⑭ 雪花鴨嘴燕魟

安琪和賽琳娜的
人魚海洋 Special Guide
我們在人魚王國市集，找到一些漂亮的首飾，為大家介紹一下吧！
在市集找到的首飾
閃着幻彩光芒的耳環有多種顏色供選擇。
貝殼耳環
閃着銀色光芒，游泳時會發出「沙啦沙啦」的悅耳聲音。
鱗片手鐲
全都很漂亮！
彩色的頭帶看上去既成熟又優雅。
海藻頭帶
寶螺貝頭飾
我也想要這個啊！♥
項鏈上的珍珠大小有致！
卷貝項鏈
看，適合我吧？

還有很多啊！
在市集找到的
推薦精品
水母吊燈
海藻手袋
卷貝燈
也有枱燈啊！
水母咖啡店餐牌
它在晃動啊！
Pancakes
特製水母鬆餅
醬汁很美味！
在市集也可以買到啊！
吸盤甜甜圈
有很多不同口味！
Donuts
甜甜的很好吃！不過要快點吃掉雪糕，否則它會融掉！
每天的食材也會更換。
海星形狀三文治
水母芭菲
Parfait
Sandwiches
裏面有海帶的啊！
讓你久等了！

作者：綾真琴

出生於東京都，是同時寫文章和畫插畫的多棲作家。文字和插圖作品有《令和怪談》三日月之章、青月之章。在新月之章、半月之章、月之章和《隊長，向夢想的甲子園進發》則擔任插圖。

繪圖：Kamio. T

精品製作公司Kamio Japan的「發條小熊松露」製作組，除了製作「松露」外，還有商品開發、設計、製作、發售等項目，如「麻糬熊貓」、「麪包胖胖犬」等等。網址：http://www.kamiojapan.jp/

安琪的小熊松露③

人魚海洋的寶藏

作　　者：綾真琴
繪　　圖：Kamio. T
翻　　譯：HN
責任編輯：黃碧玲
美術設計：劉麗萍
出　　版：新雅文化事業有限公司
香港英皇道 499 號北角工業大廈 18 樓
電話：（852）2138 7998
傳真：（852）2597 4003
網址：http://www.sunya.com.hk
電郵：marketing@sunya.com.hk
發　　行：香港聯合書刊物流有限公司
香港荃灣德士古道 220-248 號荃灣工業中心 16 樓
電話：（852）2150 2100
傳真：（852）2407 3062
電郵：info@suplogistics.com.hk
印　　刷：中華商務彩色印刷有限公司
香港新界大埔汀麗路 36 號
版　　次：二〇二四年四月初版

ISBN: 978-962-08-8369-9
ぜんまいじかけのトリュフ 人魚の海の宝物
綾真琴 • 作
Kamio．T • 繪
Zenmaijikake no Toryufu Ningyo no Umi no Takaramono

First published in Japan 2023 by Gakken Inc., Tokyo
Traditional Chinese translation rights arranged with Gakken Inc.

18/F, North Point Industrial Building, 499 King's Road, Hong Kong
Published in Hong Kong SAR, China
Printed in China